ESTE NÃO É O SEU LAR

ESTE NÃO É O SEU LAR
Natasha Brown

Tradução
Fernanda Cosenza

TORDSILHAS

Copyright © 2021 Tordesilhas
Copyright © 2021 Natasha Brown
Título original: *Assembly*

Todos os direitos reservados. Nenhuma parte desta edição pode ser utilizada ou reproduzida – em qualquer meio ou forma, seja mecânico ou eletrônico –, nem apropriada ou estocada em sistema de banco de dados, sem a expressa autorização da editora. O texto deste livro foi fixado conforme o acordo ortográfico vigente no Brasil desde 1º de janeiro de 2009.

CAPA Amanda Cestaro
PROJETO GRÁFICO Cesar Godoy
REVISÃO Franciane Batagin | Estúdio FBatagin e Luisa Tieppo
PREPARAÇÃO Cintia Oliveira
1ª edição, 2021

Dados Internacionais de Catalogação na Publicação (CIP)
(Câmara Brasileira do Livro, SP, Brasil)

Brown, Natasha
Este não é o seu lar / Natasha Brown; tradução Fernanda Cosenza. – 1. ed. – São Paulo: Tordesilhas Livros, 2021.

Título original: Assembly
ISBN 978-65-5568-023-2

1. Ficção inglesa I. Título.

21-64749 CDD-823

Índices para catálogo sistemático:
1. Ficção: Literatura inglesa 823
Maria Alice Ferreira - Bibliotecária - CRB-8/7964

2021
Tordesilhas é um selo da Alaúde Editorial Ltda.
Avenida Paulista, 1337, conjunto 11
01311-200 – São Paulo – SP
www.tordesilhaslivros.com.br
blog.tordesilhaslivros.com.br

*Mas isso também é absurdo,
é correr atrás do vento.*

Tudo bem

Você tem que parar com isso, ela disse.

Parar com o quê, ele falou, nós não estamos fazendo nada. Ela queria corrigi-lo. Não havia nenhum "nós". Havia ele o sujeito e ela o objeto, mas ele disse apenas olha, não faz sentido se alterar por nada.

*

Ela costumava ficar sentada na última cabine do banheiro feminino, olhando para a porta. Às vezes passava todo o intervalo do almoço ali, na esperança de cagar ou chorar ou reunir ânimo suficiente para voltar à mesa de trabalho.

De sua sala, ele podia vê-la trabalhando e, com frequência, ligava para o ramal dela para comentar o que via (e o que achava disso): o cabelo (selvagem), a pele (exótica), a blusa (mal comportando aqueles seios).

Pelo telefone, ele a instruía a fazer pequenas coisinhas. Isso era mais humilhante do que as coisas maiores que acabaram vindo em sequência. Mesmo assim, ela segurava o grampeador no alto como indicado. Bebia o copo de água inteiro num gole só. Cuspia o chiclete na palma da mão.

*

Ela tinha ido almoçar com os colegas. Eram seis homens, de diferentes idades, tamanhos e temperamentos. Pediram quatro porções de *nigiri* de carne e, durante a refeição, aludiram aqui e ali à situação dela, com insinuações vagas e observações acusatórias.

Um dos mais velhos, gordo e com uma barba grisalha em volta dos lábios finos e rosados, pousou o garfo para falar com franqueza. Começou devagar: sabe que ela não é do tipo que se aproveitaria. Ele sabe disso, sabe mesmo. Nesse ponto, fez uma pausa para dar um efeito e saborear a euforia de dizer à garota como as coisas funcionavam. Mas... mas agora, ela havia de convir que tinha uma vantagem sobre ele e os outros ali na mesa. Ela podia admitir isso, não podia?

Ele deu um sorriso largo, abriu bem os braços e se inclinou para trás. Os outros cinco ficaram olhando para ela, alguns assentiram com a cabeça. Ele voltou a pegar o garfo e enfiou mais carne crua na boca.

*

A sala dele era formada por três paredes de vidro. As fileiras de mesas se estendiam à direita e à esquerda, uma visão de camarote. Ela ocupava o centro do palco. Ele estava falando com ela, um tanto agitado.

Esperava que ela demonstrasse um pouco de maturidade, ele dizia, um pouco de gratidão. Levantou-se da cadeira vindo na direção dela, resvalando nela, embora a sala fosse grande e ele tivesse espaço de sobra. Ela tinha que pensar no cenário mais amplo e no próprio futuro e no que a palavra dele significava ali. Ele disse isso enquanto abria a porta da sala.

*

Não era nada. Ela pensava agora, como fazia todas as manhãs. Abotoou a camisa pensando nisso, depois colocou os pequenos brincos nas orelhas. Pensou nisso ao puxar o cabelo para trás em um coque firme, deixando o rosto à mostra, ao alisar a saia lápis cinza, de tecido encorpado.

Pensou nisso ao comer, mesmo tendo esquecido como era sentir gosto ou engolir. Tentou mastigar. Não era nada. Ela bradou esganiçada que estava tudo bem, depois se acalmou, olhou ao redor da sala de estar. Perguntou à mãe como havia sido o dia dela.

*

Um jantar depois do trabalho, ela tinha concordado. Em frente ao restaurante, antes de entrarem, ele a agarrou pelos ombros e pressionou a boca aberta contra o rosto dela.

Ela observou as pálpebras dele estremecerem e se fecharem enquanto a língua lenta empurrava e impelia a sua. Visualizou o próprio corpo, com os membros encolhidos, guardado em uma caixa. Ele deu um passo para trás, sorriu, deu uma risadinha, olhou para baixo, para ela. Tocou o braço, depois os dedos dela, e então o rosto. Está tudo bem, ele disse. Está tudo bem, está tudo bem.

A mesma coisa

Não, mas antes disso. Tipo os seus pais, de onde eles são. Da África, né?

O negócio é o seguinte. Eu estou aqui há cinco anos. Minha esposa há sete, oito. Nós trabalhamos, pagamos os nossos impostos. Torcemos pra Inglaterra na Copa do Mundo! Então quando o governo disse pra gente se registrar, pra gente baixar esse aplicativo e pagar pra se registrar, doeu. Aqui é a nossa casa. Isso fez a gente se sentir indesejável. É como se eles dissessem pra você: volta pra África. Imagina se eles dissessem pra você: não, não, você não é inglesa de verdade, volta pra África. É a mesma coisa.

Quer dizer, é… bom, você sabe. Claro que você sabe, você entende. Você consegue entender de um jeito que os ingleses não conseguem.

Depois do digestivo ele se anima

Ela entendia a raiva de um homem que sentia na própria pele, nos ossos, no corpo e no sangue que estava destinado a andar sobre os ombros de um gigante forte e pesado, para quem o Sol jamais se punha. Porque agora era noite, e ele estava bêbado. Ele parecia muito pequeno, talvez só uma boca. Um lábio ou um dente ou uma papila áspera e inflamada em uma língua branca e seca, pegajosa de muco no fundo, perto da garganta. A garganta de um homem com uma barriga molenga e um cabelo ralo cortado bem curto. Então, quando a boca se abriu e cuspiu aquelas palavras ácidas nela, deixando algumas pessoas na mesa um pouco desconfortáveis, ela entendeu de onde vinha a raiva, embora ela fosse o alvo. Esperou até que o celular vibrando lhe desse uma desculpa para se retirar e, enquanto isso, de maneira calma e educada, ela o compreendeu.

ESTE NÃO É O SEU LAR

É uma história. Há desafios. Há trabalhar duro, arregaçar as mangas, pôr mãos à obra e se esforçar. Adiante. Superar, transcender etc. Você já ouviu isso antes. Não é a minha vida, mas está iluminada atrás de mim a uma altura de dois metros, e estou falando dela para os rostos suaves e macios inclinados para a frente sobre ombros uniformizados. Recito minhas velhas falas como segredos novos. Clico para o próximo slide. Rostos gigantes, diversos e sorridentes vestindo ternos cinza apontam para gráficos, apertam mãos e acenam atrás de mim. O projetor solta um zumbido e os sorrisos se transmutam na marca imponente do banco. Hora de encerrar. Olho em volta para as fileiras de alunas. Agradeço a elas pela presença antes de abrir para perguntas.

    Uma das meninas me pergunta se eu moro em uma mansão.

Foi um sucesso, a coordenadora me diz, e a diretora faz que sim com a cabeça grisalha em um corte chanel ressecado. Os lábios tensos dela se abrem, revelando dentes amarelados de café. Estamos descendo uma pequena escada circular nos fundos, e quase engasgo com o ar quente, aquele cheiro de legume fervido das escolas. A diretora me agradece por ter vindo, diz que as garotas ficaram inspiradas. Gritinhos, risadas e um burburinho alto e melódico de conversas ecoam ao nosso redor quando as alunas emergem do auditório para os corredores de concreto. Foi muito inspirador, ela diz.

De volta ao escritório, Lou ainda não chegou. É raro ele aparecer antes das onze. Como se, a cada manhã, uma mediocridade fresca deslizasse para fora do oceano, rastejasse pela areia e pelas rochas cobertas de limo, desenvolvesse apêndices agitados que se esticam e se retorcem e se transformam em membros, enquanto o corpo avança em direção à terra firme até que, por fim, completamente formado, *Lou!* adentra o lobby sobre dois pés chatos calçando sapatos lustrosos. Reluzindo e batendo os dedos enquanto aguarda o elevador para o nosso andar. Balançando a cabeça no ritmo da música que sai dos fones Beats. Ele nunca é arrastado para essas coisas. Eu faço as palestras – escolas, universidades, eventos de mulheres, feiras de emprego – em média uma vez por mês. É um pré-requisito do trabalho. A diversidade precisa ser mostrada. Para quantas meninas e mulheres eu já menti? Quantas já não viram meu rosto sorridente fazendo propaganda para esta ou aquela empresa, para esta indústria ou aquela universidade, para esta vida? Perguntas desse tipo não são construtivas. Preciso recuperar as horas perdidas durante a manhã.

Durante boa parte da minha infância, morei perto de um cemitério. Das janelas da frente, assistia aos cortejos fúnebres serpenteando pela rua: cavalos pretos seguidos por rabecões pretos seguidos por carros comuns de diferentes cores. Às vezes um homem marchava à frente com uma cartola e uma bengala. Depois as pessoas: saíam dos carros e dos rabecões e se agrupavam, carregavam coroas de flores, carregavam chapéus. Carregavam caixões também, eu acho. Não me lembro de ver essa parte. Elas se reuniam perto dos montes de terra recém-escavada e ficavam esperando, as coroas empilhadas com cuidado ao redor delas, ou então só ficavam de pé segurando flores. Ou se abraçando. Pequenas criaturas distantes, agarrando-se umas às outras em busca de consolo. Eu observava do alto.

No ano passado, comprei a cobertura de uma construção em estilo georgiano convertida em apartamentos, localizada em uma região promissora. As outras duas unidades são alugadas por casais jovens e ansiosos. Uma discussão acalorada por causa do volume da música irrompe entre eles todas as noites.

Um dos casais, com os inacreditáveis nomes de Adão e Eva, ocupa o térreo. Quando nos conhecemos na escada, Eva se apresentou primeiro, como namorada de Adão. Ela afastou da testa as finas mechas de cabelo loiro e disse que trabalhava no mercado editorial. Quando a música está alta demais, ela bate na porta do apartamento acima e implora, *por favor*, que eles *abaixem* o volume. Só um *pouco*. Sua exasperação cortante dispara estilhaços agudos que chegam até o meu andar.

O outro casal é taciturno e reservado. Quase nunca falam, embora já os tenha ouvido cantando a plenos pulmões os hits da década de 1990. Ambos são bonitos; com cabelos castanhos, feições bem definidas e pés pequenos. Dois pares de minúsculas chuteiras enlameadas ficam secando em frente à porta deles toda quinta-feira de manhã.

Os ritmos familiares de nossas vidas empilhadas se tornaram uma espécie de proximidade.

No trabalho, penso no apartamento com a mesma saudade com que os pais devem olhar para os rostos sorridentes dos filhos, emoldurados e apoiados entre os papéis e os copos sobre a mesa de trabalho. Minha amiga Rach – pequena, mimada, enérgica – faz pouco caso da própria residência em um subúrbio arborizado de West London. Fala que quer uma casa maior, um namorado melhor, mais dinheiro! Ela quer todas essas coisas sem rodeios e sem pudor, e a voracidade dela me causa tanto medo quanto admiração. A minha fome se foi. Afundei demais, puxada cada vez mais para baixo por um aperto que rasteja e se enrosca em torno dos meus membros. Mesmo assim, ainda prendo a respiração.

Qual é a alternativa?

Gerações sacrificadas; trabalho duro e vida mais dura ainda. Tanto sofrimento, tantas perdas, tanto... para esta oportunidade. Para a minha vida. E eu tentei, tentei estar à altura disso. Mas depois de anos de luta, nadando contra a corrente, estou pronta para relaxar os braços. Parar de chutar. Respirar a água. Estou exausta. Talvez esteja na hora de encerrar esta história.

Ah – aí está o Lou.

Conversas

Ontem, enquanto esperava na recepção bem iluminada do consultório particular de oncologia na Harley Street, ao qual eu já tinha ido três vezes, tive uma experiência de descolamento – não foi imaginação; não, foi um fenômeno tangível, físico. Alguma coisa se soltou lá dentro. Uma ruptura entre o eu e a experiência.

Eu gostava bastante de ir lá. As recepcionistas – jovens, bonitas, intercambiáveis – eram sempre educadas. E me recebiam como se estivéssemos em um spa. As flores daquele dia eram lírios enormes, com pétalas bem abertas e caules grossos. Os estames, cortados com precisão cirúrgica, tinham deixado manchas avermelhadas de pólen nas pétalas brancas. Era impossível não pensar em O'Keeffe. Havia duas de nós ali, esperando. Com a tranquilidade de quem bloqueou a agenda no Outlook e deixa o tempo correr sem pressa. Do pufe capitonê onde estava sentada perto da janela, eu olhava para a rua lá embaixo.

 Minha mãe sempre me ligava para contar quem tinha morrido recentemente. Ficava me lembrando de fulano ou sicrano. Ah, claro que eu a conhecia – lembra que ela costumava vir com a sobrinha (um doce de menina, vocês duas eram amigas)? Sim, sim, ela mesma. Bem, ela morreu semana passada. Não é? Terrível. Não sei por que o hábito dessas conversas me incomodava tanto. Não era em tom de fofoca, não havia maldade. Na verdade, essas trocas frequentes pareciam motivadas por uma perda não dita. Uma prova exaustiva de que nós, qualquer que fosse o elemento que nos unia nessa primeira pessoa do plural, não estávamos sobrevivendo. Cheguei à conclusão de que a minha reclamação era principalmente relacionada à forma, à estrutura e ao clímax da narrativa que ela adotava; fazer com que eu me lembrasse de conhecer alguém, evocar memórias de uma pessoa, de uma vida, para, em seguida, desvelar a morte. Isso produzia um solavanco de montanha-russa na boca do meu estômago. Temperado por uma apatia culpada enquanto eu pensava na estética luxuosa e absurda do meu plano de saúde empresarial. Os testes, os exames preventivos e as rápidas consultas de retorno que sustentavam a vida. Eu sabia que nós, os filhos restantes, seguiríamos com laços enfraquecidos. Não havia país em comum a não ser a Inglaterra, cultura que nos ligasse uns aos outros a não ser a inglesa (os quais só podiam ser reivindicados com hífen ou parênteses, indicando a origem daqueles cujas mortes nossas mães detalhavam ao telefone). Era sobrevivência apenas no sentido em que um meme sobrevive. Persistência geracional, sem sentido nem memória.

Eu disse ao meu namorado que estava tudo bem. Que eu estava bem. Ele não precisava me acompanhar. Mas ele insistiu que a gente pelo menos se encontrasse em algum lugar depois do trabalho, para tomar um drinque. Um programa para dar uma animada. Tudo bem. A noite estava até agradável, um calor atípico para setembro. Tomamos cerveja no gramado em frente ao velho pub perto da estação de Blackfriars. E estava, eu disse a ele, tudo bem. Alarme falso. Palavras falsas podiam soar verdadeiras. Ele era fácil de convencer, acostumado a finais felizes e resoluções indolores. Nada com que se preocupar, brindamos com nossas garrafas.

— Eu sei que tenho estado distante — ele disse —, meio esquisito.

Olhei para as minhas pernas, negras e brilhantes ao sol do fim de tarde. Migramos de biópsias, consultas e afirmações de alívio para o assunto do trabalho dele; coisas grandes e importantes em que ele estava mais ou menos envolvido em Whitehall.

— Acho que não tenho sido uma boa companhia — ele disse.

No fim de semana anterior, ele havia dormido com a cabeça apoiada no meu peito, encolhido em posição fetal. Na manhã de segunda-feira, ele me abraçou com tanta força que fiquei mais um pouco na cama, acariciando seu cabelo. Até a hora de eu ir trabalhar.

— Às vezes eu só... — Ele parou e cutucou o rótulo da cerveja. Estava úmido e amolecido por causa do suor da garrafa, e ele foi arrancando em pequenos pedaços, que enrolava entre os dedos formando bolinhas grudentas e, em seguida, jogava na grama. No início do namoro, ele bradava o próprio nome para os maîtres com uma exuberância retumbante. Eu me perguntava se aquela autoconsciência tinha sido podada ou se a personalidade dele não passava de um blazer social, que ele vestia e voltava a despir. Com a cabeça inclinada para trás, ele tomou um grande gole. O pomo de adão subiu e desceu enquanto ele engolia, e imaginei a cerveja gelada escorrendo pela garganta, ao longo da curva do peito, e se esparramando no estômago dele.

A gente se conheceu na faculdade, ele gostava de dizer. Embora eu mal o conhecesse naquela época. Ele já estava no terceiro ano quando eu fiz a matrícula. Não me lembrava de jamais ter falado com ele, embora o conhecesse de vista e de nome por causa do movimento estudantil. Não, ele só foi reparar em mim anos depois, em eventos nos quais nossos círculos sociais por acaso se misturavam. Meu próprio capital social tivera um crescimento – infinitesimal, incomensurável – desde a minha época de estudante. O dinheiro, mesmo a soma relativamente modesta que eu havia conseguido acumular, tinha me transformado. Meu estilo, meus trejeitos, meu vocabulário urbano ligeiramente afetado, tudo isso o intrigava. Ele conseguia enxergar a persona que eu estava construindo. E viu uma oportunidade. Havia lido sobre a transformação de Warren Wilhelm Jr. em Bill de Blasio.

Sem-querer-de-propósito, ele trombou comigo em um churrasco, no terraço de um antigo armazém em Stepney. Despejou seu charme pesado à la Hugh Grant enquanto a gente bebia licor Pimm's, frutado e sem gelo, em vidros de geleia. Atrás dele, o Canary Wharf cintilava tão bonito que doía. Parecia muito, naquele momento, que ele era uma caricatura de si mesmo. Nos meses e anos seguintes, comecei a admirar a natureza elástica do caráter dele. Eu o observava com os amigos próximos, as provocações e os empurrões de brincadeira. Eles debatiam grandes ideias com palavras ainda mais grandiosas e um agressivo senso de humor coletivo. Faziam piada uns com os outros, sem dó, e em seguida gargalhavam: dobravam-se para a frente, davam tapas no joelho, com uma diversão que beirava a paródia. Depois, no banco traseiro do carro de aplicativo, ele cumprimentava o motorista pelo nome e manobrava a conversa com habilidade, do papo furado para uma história de vida reveladora. Fazia perguntas atenciosas e nunca interrompia. Era educado, sim, mas não pedante. Atenuava o sotaque. Dizia um "boa-noite, cara" com sinceridade, pontuado por um aperto firme com as duas mãos, antes de sair do carro.

— Isso é legal — ele disse por fim, quase sorrindo.

E era mesmo. O amanhã parecia distante. Embora o fim de semana próximo, com os pais dele, assomasse imenso; o aniversário de casamento seria celebrado na casa de campo da família. O evento que deveria ser, se não descontraído, pelo menos empolgante de um jeito agradável, estava rapidamente se materializando em uma dura realidade. Concordei com a cabeça, e ele se virou para olhar os carros enfileirados no cruzamento.

— Eu andei... quer dizer, minha ex. — Ele fez uma pausa, então recomeçou. — Minha ex andou me mandando mensagens. Ela arrumou um cachorrinho.

Um cachorrinho? Eu repeti, revirando as sílabas. Eu sabia que a ex dele também estaria na festa. Ela era uma amiga de infância, praticamente parte da família, como a mãe dele definira. Haviam crescido juntos, correndo para lá e para cá pelo interior da Inglaterra feito Colin e Mary Lennox, de *O jardim secreto*. Ao olhar para ele, encolhido ali na grama, com os olhos brilhando e as feições contorcidas em uma espécie de estoicismo, senti uma pontada de curiosidade, eu queria saber.

— Deixa pra lá — ele disse. — Eu não devia ter falado do cachorrinho.

Tínhamos acabado de beber a segunda rodada. O barulho de conversas ao fundo havia crescido para um zumbido apenas ocasionalmente distinguível. Pedi para ver o filhote, se ele tivesse uma foto. Ele pousou a garrafa e ficou me olhando por um instante.

— Deixa o cachorro pra lá — falou.

Pegamos a District Line de volta para Putney. O sol poente ardia atrás dos telhados e das chaminés, e andamos por ruas silenciosas da estação até a casa dele. Enquanto líamos antes de dormir, ele sorriu de lado para mim, por cima do Kindle. Mais tarde, enquanto ele dormia, fiquei observando o peito dele se erguendo e afundando. Ouvia seus roncos baixos aqui e ali. Ele havia arrancado o lençol e estava deitado de barriga para cima como um querubim: pé esquerdo contra o joelho direito, braço direito dobrado em volta da cabeça, dedos esticados com suavidade em cima do travesseiro. O pau rosa sobre a coxa. A gravidade havia suavizado a testa e as bochechas, e eu reconheci o rosto de menino teimoso da carteira de motorista.

Isso era melhor do que dormir sozinha?

A vida dos meus vizinhos estava entrelaçada na de seus parceiros. Tinham se desgarrado dos pais e ido direto uns para os outros, dividindo as contas, a comida, o aluguel. Eu não imaginava que eles pudessem se separar com facilidade. Nós não tínhamos tais obrigações. Mas ainda assim frequentávamos galerias, assistíamos a peças de teatro, íamos a festas, dávamos festas, viajávamos, cozinhávamos, tudo juntos. Nós dizíamos *nós*. Parecia um aspecto necessário da vida, como o trabalho. Ou exercício.

— É uma questão de princípio — Rach me disse mais cedo naquele dia. — Foda-se a misoginia, ela tem que ser domada!

Para Rach, não havia dúvida de que o envolvimento com um dos chefes de departamento globais era, na verdade, uma prerrogativa sua: ressignificar e subverter a narrativa do assédio no local de trabalho. A relação estava ficando séria. Passando da práxis formal para algo mais mundano, semelhante a uma emoção genuína. Morar juntos. Era ao mesmo tempo mais simples e mais complexo que o meu relacionamento.

Estávamos em nossa mesa habitual do café no mezanino, bem acima do saguão do escritório. As unhas de Rach, com o esmalte nude de sempre, batucavam de leve no *latte* de amêndoas que ela bebia. No último ano, tínhamos evoluído de colegas de trabalho para amigas, enquanto o pai dela se recuperava de um câncer e a minha avó morria de outro. Ela tinha sido criada em um subúrbio rico de Londres, era fã de Kate Middleton e usava *twinsets* e pérolas; uma feminista do tipo *Faça acontecer*, que organizava eventos beneficentes em defesa dos direitos dos animais aos fins de semana e comprava brincos artesanais na Etsy. Uma vez, ela me ligou chorando da loja da Hermès. É tudo tão lindo, ela dizia aos soluços, enquanto a vendedora embrulhava os lenços de seda.

— A vitimização é uma escolha — Rach disse.

Meio opinião, meio mantra. Ela insistia no aperfeiçoamento constante: evolução, aprendizado, crescimento, romper todas as barreiras a qualquer custo. Ela falou que aparecia uma nova vítima por dia. O diretor da minha área não tinha acabado de rodar porque estava de caso com aquela estagiária do jurídico? Ela balançava a cabeça diante de tamanha arrogância e inconsequência. Era onde todas as nossas conversas iam parar.

Ainda assim, Rach entendia – até valorizava – a natureza implacável daquele lugar. Por isso, os intervalos do café, os drinques e os *brunches* continuavam. Éramos próximas; amigas. Dizíamos com uma integridade pós-pós-moderna: melhores amigas. Fazíamos listas, revisávamos nossos planos de cinco anos e nos preparávamos com a dureza necessária para a execução deles. Havia um aspecto fundamental meu, em um nível autêntico e sigiloso. A engrenagem feia que opera por baixo de todas as conquistas. Apenas para Rach eu admitia a existência desse nível.

— Quem você acha que vão promover? Para ficar no lugar dele. — Ela se recostou na cadeira para pensar na própria pergunta. Então lançou alguns nomes na minha direção, dando uma risada ao ponderar as chances de Lou. — Talvez eles escolham uma mulher — ela disse, mostrando a palma de uma das mãos, depois a da outra. — Uma mulher prejudicada, outra promovida. Parece justo!

Ela riu, esfregando as mãos. Apesar do cinismo, eu sabia que isso mexia com ela. Durante a nossa malhação pré-expediente, algumas semanas antes, eu a vira na esteira ao meu lado, correndo rápido. Rápido demais. Arfando com esforço, batendo os tênis New Balance na lona, os cotovelos dobrados dando impulsos frenéticos, em disparada. E aí não mais. Depois de dar um salto abrupto e aterrissar sobre as plataformas plásticas nas laterais da esteira que zunia, o tronco dela desabou em cima do painel de controle. Mais tarde, nos reunimos no ponto de encontro habitual em frente ao vestiário. A pose recuperada, a umidade do cabelo lhe conferindo um tom de loiro mais escuro. Subimos as escadas até o mezanino para a dose de cafeína. O corpo ainda aquecido do exercício.

    O que levava Rach a perseguir essa carreira? Eu sabia por que eu mesma fazia aquilo. Bancos: eu entendia a natureza deles. Máquinas de dinheiro impiedosas e eficientes cujo subproduto era a mobilidade social. Sério, que outra indústria teria me oferecido a mesma chance? Ao contrário do meu namorado, eu não tinha os pré-requisitos das conexões nem da verba para me aventurar na política. O mercado financeiro era a única rota viável em direção ao topo. Eu tinha trocado a minha vida por uma fatia magra de conforto da classe média. Por um futuro. Meus pais e avós não tiveram as mesmas oportunidades; eu não me sentia no direito de desperdiçar as minhas. Mesmo assim, não me descia bem a ideia de propagar as mesmas crenças entre uma nova geração de crianças. O discurso acobertava a ausência de progresso: moldar as aspirações em uma forma homogênea e aceitável; moldar a si mesmos em operários dedicados e agradecidos, que entendem o próprio papel na sociedade. Que conhecem o limite de qualquer escalada.

    Eu teria preferido dizer outra coisa. Alguma coisa melhor. Mas é claro que, sem o título pomposo de uma empresa renomada para me legitimar, não teria o palanque para dizer coisa alguma. Qualquer valor que minhas palavras tenham neste país vem do fato de que eu me associei às suas instituições: universidades, bancos, governo. Tudo que posso fazer é repetir as palavras delas e esperar transmitir algum tipo de verdade. Talvez essa seja uma justificativa ruim para a minha cumplicidade. Para o papel que desempenho ao convencer aquelas crianças de que elas também precisam aguentar. O silêncio, com certeza, seria a escolha menos danosa.

Rach tinha mudado de assunto.

— Esse fim de semana vai ser cheio — ela falou.

Cheio de coisas sérias e empolgantes. Coisas que ela representava de maneira abstrata com emojis de anéis e diamantes. Eu não tinha certeza de que estava pronta para o que quer que fosse. Sabia que essas eram as coisas a se querer, as coisas certas a serem alcançadas. Mas estava cansada de tentar alcançar, de aguentar. De escalar.

Os pais dele me toleravam. Como bons pais socialmente liberais fariam. Tinham paciência com os relacionamentos do filho. Eles imaginavam, eu imaginava, que era uma fase. Por que prolongá-la com reforço negativo? Por isso se conformavam com a relação. Até a estimavam, e a mim, de modo ostensivo. Na verdade, insistiam, ele me dissera mais de uma vez, insistiam que eu celebrasse junto com a família o aniversário de casamento.

Eu já os havia encontrado antes, claro. Embora nada parecido com aquele fim de semana. Sempre nos víramos em Londres das outras vezes, nós quatro reunidos em volta de uma mesa de restaurante. Um evento limitado a duas ou três horas. Conversas leves e divertidas. Eles sabiam mesmo como divertir um convidado. Como falar, perguntar, ouvir, conversar. Evocavam um senso de que a ocasião era especial. Principalmente o pai, que proferia as palavras com hábil precisão, como se fossem um instrumento físico. Um bisturi, talvez, ou uma pena.

Ao redor de uma mesa com luz suave, alguns meses antes, em um restaurante sem janelas sob uma galeria de arte, eu assistira ao pai falar por entre lábios manchados de vinho tinto (pedido após uma discussão extensiva, acalorada e, ao que tudo indicava, muito bem-vinda com o sommelier). Ele ergueu sua pena e me desenhou no mundo deles. Eu fazia parte da página daquela noite, pertencia a ela. Mesmo assim, era uma intimidade distante. Sincera, mas impermanente e sem grandes consequências para além de uma interação específica. Ele sempre me fazia variações das mesmas perguntas. Com o mesmo interesse indulgente que destinava aos funcionários do restaurante.

A ambivalência da mãe era mais tradicional. Certa vez ela me apresentou com o constrangedor e palavroso título de "a amiga mais recente do nosso caçula". Seguido de um sorrisinho experiente para o conhecido que havia feito a pergunta. Mesmo assim, eu a entendia. Era capaz de ver a situação pelos olhos dela: amor ao filho, sim. Mas também à família da qual viera e a qual passara a integrar por meio do casamento. Futuro, filhos, pureza – não com um cunho grosseiro e racial, não. Claro que não. Era uma pureza em termos de linhagem, de história: costumes e sensibilidades culturais em comum. A preservação de um estilo de vida, de uma classe, o necessário escalão mais alto da sociedade. O desenvolvimento atípico do filho (pois o que seria aquele relacionamento, se não uma sandice de criança?) não deveria arruinar o nome da família.

Não fiquei surpresa em saber que os títulos e as propriedades a serem herdados vinham todos do lado paterno da família. Havia uma insegurança por baixo da hostilidade da mãe com a qual eu quase me identificava.

De manhã, observei o filho deles se sentar na beirada da cama e tirar da cartela o comprimido revestido com açúcar. Ele ficou olhando para o ponto branco na palma da mão até, finalmente – com um ímpeto performático e desnecessário –, lançar a cabeça para trás, levar a mão esparramada até a boca e engolir. *Citalopram, 5 mg. Um comprimido por dia, ou de acordo com a recomendação médica.* Ele se inclinou para a frente, corado, jogou a embalagem longe. Bebeu água do copo que estava na mesa de cabeceira. Depois olhou para mim, cheio de expectativa, como se tivesse acabado de comer todo o brócolis do prato. Eu estava do outro lado do cômodo, prendendo o cabelo com grampos. Formávamos um quadro perfeito. Feixes de sol entravam pelos caixilhos da janela. O quarto dele era claro e amplo, com poucos móveis, e ele parecia pequeno sentado no canto da cena, uma mala cheia pousada a seus pés. Dei uma risada, e ele sorriu de volta, incerto. Fui até ele, acariciei seu maxilar com a mão esquerda e, com a direita, penteei seu cabelo macio para trás. Estava na hora de ir.

Ele levou a mala até o bagageiro do carro. O sol frio da manhã lançava uma luz inclemente sobre nós, e o ar tinha um cheiro úmido. Mas ele parecia transbordar, revigorado. Impregnado com o ar livre e a perspectiva de dirigir pelo interior, com sua família, casa e tudo que estava à frente. Antes que eu fosse embora, ele colocou as mãos na minha cintura e se inclinou para me beijar.

— Alguma chance de eu sequestrar você? — ele disse, sorrindo com os olhos.

Parte de mim queria entrar no carro com ele e sair dirigindo. Para me poupar da tensão e do dia infeliz que me aguardava. A agenda cheia de reuniões imbecis, armadilhas por ser uma mulher em posição de poder, mentiras para as crianças. Porém, ser imprudente, agir por impulso, viver como ele... Não. Embora tivesse começado a perceber as restrições que isso envolvia, ainda permanecia ligada à vida que eu levava. Precisava continuar me movendo. Devagar, com delicadeza, afastei os braços dele. De volta até o lado do corpo.

Eu o veria à noite.

Estratégia *in loco*

No local, revisamos os números mais recentes, as tendências gerais, os fatores-chave de tais tendências ou, quem sabe, os passos para determinar os fatores-chave dessas tendências. Estou sentada com o tornozelo direito por cima do esquerdo, joelhos unidos, ombros para trás, antebraços sobre a mesa, mãos relaxadas. A postos. Quando falo, vou direto ao ponto, em ritmo compassado e tom uniforme. Respaldada pelos dados. Com slides ilustrativos.

No meio da tarde fazemos um intervalo para descansar. Os homens se levantam, se alongam, andam pela sala. O ar está abafado de suor, conversas e sanduíches. Um dos homens gesticula em direção à máquina de café espresso, diz não saber como ela funciona: que botão apertar, onde inserir a cápsula. Onde está a recepcionista?

Os demais concordam, também não fazem ideia. Eles me perguntam, talvez eu saiba.

Bem.

Eu preparo o café para eles. E, se quiserem, também coloco uma espuma de leite por cima. Aliviados, os homens dizem ah, obrigado.

Obrigado.

Depois, fico esperando por Merrick na salinha. É separada da área em conceito aberto por painéis de vidro. Este lugar é todo de vidro. O vidro separa e divide sem transparência. Mesmo assim, Lou consegue me ver. Viu quando a assistente me parou na volta para a minha mesa. Viu por cima dos monitores enquanto eu andava pelo escritório até a antiga sala do antigo diretor. E está me vendo agora, o pescoço dele esticado em uma curiosidade indiscreta. Coloco minhas coisas – caderno, caneta, carteira – sobre a mesa e me sento.

    Pois que Lou veja.

    Mas está ali. *Pavor*. Cada dia é uma oportunidade de foder com tudo. Cada decisão, cada reunião, cada relatório. Não existe sucesso, apenas a prevenção temporária do fracasso. *Pavor*. Do meu alarme tocando e vibrando, até que eu finalmente durma de novo. *Pavor*. Frio e pesado no estômago, subindo pelo esôfago, apertando a minha garganta. *Pavor*. Fico esticada no sofá ou na cama ou de barriga para cima no chão. *Pavor*. Repasso o dia, uma investigação em busca de erros ou deslizes ou... qualquer coisa. *Pavor, pavor, pavor, pavor*. Qualquer mínimo detalhe pode ser a coisa que vai foder com tudo. Eu sei disso. Essa verdade reverbera no meu peito, um grave retumbante. *Pavor, pavor*, está me sufocando. *Pavor*.

    Eu não lembro quando não me senti assim.

Ah, você está aqui. Ótimo.

O rosto de Merrick aparece imenso, irradiando o calor e a falta de sinceridade efusivos dos americanos. A tela de videoconferência ajusta o foco, depois a imagem se afasta, revelando uma mulher sentada ao lado dele.

Ótimo, Merrick repete.

A mulher não sorri.

Conheço essa mulher. Meus colegas a chamam de aquela mulher. Dizem saber como *aquela* mulher conseguiu *aquele* trabalho. Dizem coisas piores também. Ela é um dos tópicos favoritos e frequentes de conversa. Essa mulher de sucesso. Essa mulher cercada, sitiada. Chutada e ridicularizada. Em todo caso, ela agora apoia outras mulheres. É uma palestrante assídua no circuito de eventos femininos. Com catorze discípulas, aparentemente. E aqui está ela com Merrick. Recostada na cadeira, de braços cruzados, olhando-me impávida lá de cima.

Porra. E eu não sou uma mulher?

Merrick ainda não começou. Remexe nas coisas e diz ah hum sim bem. Pousa as mãos espalmadas sobre a mesa, diz bem, depois se recosta na cadeira e ajeita os óculos. Hum, sim. Ele olha da mulher para mim.

A situação desagradável ficou para trás, ele diz finalmente. Gostaríamos de deixar tudo isso para trás e seguir em frente. Em uma nova direção.

Ele tenta abrir um sorriso de dentes brancos.

A mulher é bem direta, eles querem *diversidade* agora.

Merrick assente com uma solenidade ridícula.

Sim, ele diz. De fato! Exatamente. Ele batuca na mesa.

E é por isso que ele está conversando comigo agora, diz. Lou já está a par.

Eles continuam:

Liderança compartilhada, diz Merrick.

Uma grande oportunidade, diz a mulher.

Tenho muita sorte, ambos concordam.

O andar todo, fileiras cerradas de homens vestindo terno, opera com uma autonomia cambaleante. Mesmo depois de semanas sem *direcionamento estratégico* desta caixa de vidro. Os homens riem, respiram alto, conversam em grupinhos de dois ou três, reunidos em volta de uma tela. Ou então ficam de pé, com o peito estufado, apontando. Pontuados por uma mulher aqui e ali. Alguns estão debruçados, com o nariz enfiado em uma bandejinha plástica de jantar adiantado ou almoço atrasado. Há um certo fedor. Tantos homens falando e suando e arrotando e tossindo e existindo – abarrotados, ombro com ombro. Rostos secos, abatidos; bochechas flácidas, molengas; testas brilhantes de oleosidade. Pescoços apertados em colarinhos ainda abotoados. Todos os tons de rosa, creme, bege. Dedos golpeando teclados e punhos grossos envolvendo telefones. Ou mãos livres, gesticulando enquanto eles falam em elegantes fones de ouvido, jogando uma bola ou uma caneta para o alto.

Será isso... o ápice da minha carreira?

Da minha vida?

Lou fica de pé, acena. Ele está vindo para cá, sorrindo.

Lou!

Eu cresci bem pobre, você sabe. Pobre pra caralho, praticamente em um barraco, em Bedford. Então eu entendo. Entendo a labuta. Tudo isso... é tão estranho pra mim quanto pra você. De verdade. E eu respeito isso, o que você defende. A luta. Eu respeito. Então, olha, claro que eu concordei em dividir a promoção. Claro. Você merece isso, tanto quanto eu. Tá bem? Tá bem. Não deixa ninguém te dizer o contrário. Porra, eu tô animado. Pra isso, pra gente: o *time dos sonhos*! Beleza, bom. Eu só queria te falar isso. Enfim. Os caras estão descendo pra tomar umas e comemorar.

    Você vem?

De volta à minha mesa, saboreio o raro momento de silêncio. Com Lou e o resto da equipe tendo saído para comemorar, sinto uma calma atípica neste lugar. Curiosamente, nutro um novo apreço pelo meu espaço físico de trabalho. Fiquei com o canto da janela. A mesa de Lou fica em frente à minha. Uma divisória revestida de feltro com meio metro de altura é a única coisa que nos separa durante as milhares de horas que passamos aqui juntos. As diversas equipes que agora iremos gerenciar em conjunto ocupam as fileiras de monitores e de máquinas murmurando baixinho ao meu redor.

Esse sucesso, essa conquista: tudo pelo que me esforcei. Ao alcance das mãos. Meus dedos apertando com força uma das vigas do teto proverbial. Tenho uma cadeira de escritório ergonômica de dois mil dólares e um fone de ouvido Bluetooth que pisca alegremente em sua base cúbica e brilhante ao ser recarregado. Três monitores de trinta e duas polegadas piscam em verde e vermelho com uma intensidade de tirar o fôlego. E uma pilha de cartões de visita, cada um exibindo meu nome e cargo; já está na hora de outra reimpressão, no papel de alta gramatura com o logo do banco gravado em baixo relevo.

Isso é tudo.

Eu tenho tudo.

Na visão panorâmica ao meu redor, o céu está derretendo: de vermelhos e laranjas para azuis retintos e profundos. Fico observando por meio das janelas que vão do chão ao teto, cujo revestimento de proteção UV certamente distorce as cores. Para além dos arranha-céus, até o turvo horizonte verde-acinzentado adiante. Meus dedos estão dormentes, mas meu rosto está quente, formigando. Desligo o meu computador, arrumo a bolsa e vou em direção aos elevadores.

Aqui estou, na estação, eu devia

Os painéis com as partidas se alternam devagar. Mudam do primeiro painel para o segundo e depois de volta. Encontro a minha entre elas. O número da plataforma brilha desfocado em meio a um conjunto de pontos laranja.

Então, aqui estou, na estação. Eu devia ir procurar minha plataforma e embarcar no trem. É uma viagem de quarenta minutos. Ele vai me encontrar do outro lado. Estacionado em frente à estação com seu Mini Cooper, pronto para dirigir o restante do caminho.

Não me sinto embarcando numa jornada. Aqui estou, sem malas pesadas ou sapatos confortáveis. Ainda vestindo a roupa de trabalho, vim direto do escritório. As pontas de couro das botas somem e aparecem debaixo da bainha bem marcada a ferro.

Teria sido melhor fazer essa viagem amanhã de manhã.

Mas estou aqui agora. E eu devia pelo menos me mover. Estou no caminho, parada aqui. Sacudida pela corrente de pessoas apressadas, pessoas vagando, pessoas organizadas em famílias, agrupadas como patinhos. Estou bem no meio da passagem. Então vamos lá. Levante o pé esquerdo e dê um impulso para a frente, um passo adiante. Não desacelere, não pare. Não pense. Apenas continue o movimento.

Embarque no trem.

Mas aqui estou,
ainda
parada, ainda
na estação.
Eu realmente devia

21:04
PADDINGTON [PAD]
PARA
NEWBURY [NBY]

Quando o carrinho de bebidas passa, compro outra minigarrafa de vinho tinto genérico. O trem avança em alta velocidade. Saindo de Londres, do escritório. Campos, árvores e arbustos passam borrados pela janela suja.

Estou insegura quanto ao fim de semana. A proposta tinha parecido boa, até mesmo agradável. A meses de distância, abstrata.

Mas aqui está, agora, e aqui estou eu também. E este trem – bastante real, bastante concreto e se movendo rápido – está nos partindo em direção um ao outro.

Feche os olhos.

*

Eu me lembro de hospitais como lugares grandes, confusos e sujos. Fileiras de doentes acamados, separados apenas por cortinas finas e um arremedo de privacidade. Uma pia compartilhada, pequena e miserável, debaixo de uma janela escura que dava para o corredor da ala. Cadeiras de plástico unidas sobre uma base, de três em três. Horários de visita ao fim do dia; vê-la ali, deitada sem muito conforto. Soros e botões e tubos. Um pote de uvas forrado com um pano de prato sobre o armário ao lado da cama. O cheiro do desinfetante não convencia, não apagava.

Mas agora, para mim, só quartos privativos. Flores recém-colhidas e café espresso.

*

Sério, a médica entalha a palavra. Diz que eu preciso levar isso a sério.

A blusa dela é caramelo. A blusa dela é de cetim. O tecido se projeta para fora e depois para dentro, preso no cós da calça. Meu olhar é atraído para as saliências e contornos de um forro de renda por baixo, um M cursivo coroando o peito.

Você está ouvindo? ela pergunta.

Uma luz viscosa preenche o pequeno consultório. Põe-nos em suspensão como insetos fossilizados no âmbar.

Ela estende uma das mãos na minha direção, então para. As minhas estão uma sobre a outra, pousadas no colo.

Balanço a cabeça, tento sorrir.

Desculpe, digo. Estou ouvindo.

Às vezes não sei por que faço as coisas. Por que respiro? Por que peço desculpas? Ou digo que está tudo bem, obrigada. E você? Por que fico afastada da beirada da plataforma?

Essas não são perguntas sofisticadas ou inteligentes. Mas, mesmo assim, às vezes não sou capaz de respondê-las. Não consigo lembrar a resposta certa.

*

Esperando pelo trem da Central Line na Liverpool Street, uma vez vi o Blackberry de um homem escorregar da mão dele e cair, de um jeito cômico, nos trilhos. Ele ficou um segundo parado. Inerte. Uma criancinha antes da pirraça. Então a erupção: um jorro quente de blasfêmias. O rosto dele ficou vermelho. A aba da bolsa transversal balançando para cima e para baixo e o paletó do terno ondulando enquanto ele agitava os braços como uma ave que não voa. Espiou por cima da borda da plataforma. Inclinou o corpo, observou, olhou para os trilhos. Considerando a possibilidade de descer até lá? Porra, ele disse outra vez. Depois passou as duas mãos pelo cabelo e foi embora da plataforma.

*

Eu sinto. Claro que sinto.

Eu tenho emoções.

Mas procuro contemplar os eventos como se estivessem acontecendo com outra pessoa. Com outra entidade. Existe o ser que pensa, racionaliza (eu). E o que faz, o que vive a experiência, ela. Olho para ela com bondade. A certa distância. Para me proteger, eu me dissocio.

*

Aviso de recebimento? Sim; sete libras a mais; por favor. Certo, o atendente falou do outro lado do balcão da loja de serviços fotográficos. Pegou uma tira impressa e a segurou entre os lábios enquanto colocava meu passaporte dentro de um pequeno envelope plástico e o selava. Depois olhou para o envelope selado e soltou um palavrão. Com o estímulo daquela pequena explosão de impaciência, a tira esquecida voou da boca dele, desceu flutuando de um lado para o outro e pousou a seus pés. Ele abriu o envelope com as duas mãos, num gesto exagerado que esticou o fino plástico cinza até rasgar. Lá de dentro saiu um retângulo cor de vinho, que caiu sobre a mesa com um estalo fraco.

*

Amo. É um gole de Coca-Cola, o gosto não é tão bom assim, afiado na língua, mas borbulha deliciosamente da lata até a boca e pela garganta umedecida. Ela estava falando, com um leve eco, nas televisões posicionadas a intervalos regulares pelas paredes do andar. Vestindo um terninho vermelho que a luz superexposta transformava em rosa-choque, usava um batom vermelho que deixava mais do que claro o lugar dela na história das mulheres. Passaram de novo o trecho do vídeo: o país que eu amo. O rosto de Theresa May contorcido como uma latinha vazia ao dizer *amo*, pisada e amassada. Ela virou as costas para o púlpito, tão rápido. Eu queria ouvir de novo; mas ela estava se virando, caminhando de volta em direção àquela porta preta; *amo*, de novo! E a porta se abria, depois se fechava atrás dela. Corte, de volta para o estúdio.

*

Eu te amo, ele disse, a voz tímida, daquela primeira vez. Depois de dois litros de negação. Agora é com um pragmatismo brusco e cotidiano. Amo você! Quando saio para trabalhar. Amo você! Antes de desligarmos. Às vezes até um irônico *je t'aime*!

Eu digo também, claro. Quem sabe não é só isso mesmo? Dizer, e então atuar.

*

Um intervalo de tempo sem cronograma estruturado é incomum para mim. Muito tempo para pensar. Não sei o que fazer. Estou com meu celular, eu devia colocar os e-mails em dia. Sempre chegam mais e-mails. Merrick provavelmente está disparando coisas agora mesmo. Mas o sinal é ruim no trem.
  E prefiro beber vinho.

*

Quando comprei o apartamento, a advogada disse que eu precisava de um testamento. Após a entrega das chaves, o colega dela, especialista em direito sucessório, folheou meu arquivo: declarações de bens, contas, apólices – seguro imobiliário, de saúde, de vida. Declaração prévia de vontade. Meu patrimônio líquido, ao menos um testemunho dele, estava aberto na mesa.
  Bem, ele disse, se recostando na cadeira. Não é que você é uma garota esperta?

Acho que consigo entender por que ele ficou confuso. Por que ele esperaria que eu tivesse um conjunto de documentos e cópias tão bem apresentado?

Quando está mais brincalhão, meu namorado diz que eu tenho muito dinheiro. Muito mais que ele. Diz que eu faço parte do um por cento.

Bom, dinheiro é uma coisa. Ele tem riqueza. Atrelada a bens, fundos de investimento e ações de empresas com acordos complicados de propriedade. Coisas que ele finge se recusar a entender. Acumuladas durante gerações. Qual é a diferença?, ele pergunta. Eu digo a ele. Um de nós sai para trabalhar às seis da manhã todos os dias. O outro fica folheando os jornais no café do fim da rua.

Esse advogado, agora meu advogado, ao elaborar meu testamento, pediu que o colega, uma espécie de analista, gerasse um modelo de fluxo de caixa – rendimentos e retornos futuros, projetados em cenários especulativos. É um serviço complementar, incluído na elaboração do testamento, uma amostra de outro serviço que, o advogado explica, é bastante adequado para uma jovem com a minha trajetória financeira.

Gestão de patrimônio, ele sorri.

*

Meu avô trouxe a furadeira. Eu tinha comprado dois pares de óculos de proteção. Ele riu quando eu lhe estendi um. Tiramos uma foto, nós dois empoeirados e sorrindo. Minhas novas prateleiras flutuando no fundo. Ele me ajudou com outros problemas no apartamento. Minha planta moribunda – ele me aconselhou a cortar as folhas mortas. Meses depois, ela está verde e cheia de vida.

*

Vush. A médica desliza, se inclina para a frente e fala em tom baixo. Diz que sou forte, uma guerreira. Diz que dá para notar. Não posso simplesmente não fazer nada, isso... isso é suicídio. Ela me diz para ser responsável. Pensar na minha família. Fazer uma escolha.

Nada é uma escolha.

Mas não acho que sou capaz de dizer o que penso, então digo apenas que estou indo embora. Está na hora de voltar ao trabalho. Olho ao redor procurando as minhas coisas, tenho que ir.

Nada *é* uma escolha.

E a morte não é a ausência de ação. Ela tem efeitos colaterais. Penso nos fluxos de caixa: o cenário de morte imediata. É a barra mais alta do gráfico, o saque de um dinheiro dos anos vindouros. Minha cotação trazida a valor presente.

Não vai ser bonito – ela está me avisando agora –, não é poético. Não vai ser o que imagino. Ah, eu sei disso, eu sei, mas... que me importa a beleza?

Nada é uma *escolha*.

E eu quero. Alcanço a minha bolsa, depois fico de pé e me viro. Pego meu casaco pendurado no gancho da porta. Ela também se levanta. Seu rosto está contraído em uma expressão de preocupação e censura.

Escute, ela diz.

*

O trem dá mais uma arrancada, e eu levo uma das mãos ao peito. Sem incisão, sem carnificina – apenas uma agulha, uma picada. E só. Em seguida, o telefonema educado e evasivo, a consulta de acompanhamento o quanto antes. Agora eles falam em cirurgia, semanas de recuperação. Em seguida, terapia adjuvante, depois de, provavelmente, radioterapia ou... até mesmo quimio. *Fazer uma escolha.* Um desastre incalculável para a minha carreira.

A promoção.

Estas instruções: escute, fique quieta, faça isso, não faça aquilo. Quando isso acaba? E aonde isso me levou? Mais e mais do mesmo. Eu sou tudo o que eles me mandaram ser. Não foi o suficiente. Uma destruição física agora, para combinar com a mental. Dissecar, envenenar, destruir essa nova parte maligna de mim. Mas tem sempre alguma coisa em seguida: a próxima exigência, a próxima crítica. Esse eterno obedecer, atingir, superar... para quê?

*

Não sei qual empresa, especificamente, era o alvo dos protestos. Eu era recém-formada naquela época, vestindo camisas novas em folha e calças de tecido maleável de lojas de departamento. Empolgada, assustada, ansiosa para trabalhar. Os guardas haviam cercado a entrada do prédio com grades de contenção. Fui abrindo caminho pela multidão; uma massa de sandálias, *dreadlocks* loiros e fedor de suor. O escárnio dos cartazes e das vozes vinha de todos os lados. De braços cruzados, mantive a cabeça abaixada e andei rápido, focada no chão à minha frente. Alguns gritaram quando mostrei meu crachá. O segurança afastou uma das grades para me deixar passar.

Eles sustentaram os olhares. Observaram enquanto eu atravessava a barreira e desaparecia pelas portas giratórias.

*

Digamos: um garoto cresce em uma mansão no interior do país. Estuda em uma escola preparatória particular. Passa os fins de semana no celeiro com o pai. Juntos, constroem um enorme relógio de sol. O garoto, agora um rapaz, tira notas péssimas no vestibular, em seguida vai para a Jamaica ser professor. As sombras continuam a dar voltas e mais voltas em seu relógio, e ele próprio avança e avança. Até que o garoto, agora um senhor, está bem lá no topo do sistema político. Amparado por uma riqueza que ele não precisou conquistar, pela qual jamais trabalhou. Nunca teve de sujar as mãos. E desse ponto de vista privilegiado, ele aponta – um dedo velho, com a pele translúcida, o braço esticado tremendo. Ele aponta para você: o problema.

Sempre o problema.

*

Outro dia, um homem me chamou de cr***la de merda. Um pedinte na Aldgate, um cara grande, chegou bem perto e me encurralou – entre o corpo dele e a queda brusca nos trilhos. Ele se debruçou bem na minha cara e cuspiu essas palavras. E aí, rindo, simplesmente saiu andando.

Você não deve nada.

Eu pago os meus impostos todo ano. Qualquer dinheiro que tenha sido gasto comigo – educação, saúde, o que mais?... infraestrutura? – eu paguei de volta. E mais um pouco. A partir de agora tudo é lucro. Sou o que nós sempre fomos para o império: a porra do lucro. Um recurso natural a ser explorado, aviltado, explorado de novo. Eu não devo nada àquele garoto. Nem àquele homem. Nem àqueles manifestantes, nem ao império, nem à pátria-mãe, absolutamente nada. Não devo a eles os próximos quarenta anos da minha vida. Não devo a eles nem a merda de um minuto. O que mais falta ser tomado? É isso, fim da linha.

Pra mim chega.

*

Durante o Mês da História Negra, só temos espaço para a invenção da pasta de amendoim e dos sinais de trânsito e para a *libertação dos escravizados*. É uma coisa que desorienta, que impede a formação de uma identidade. Morar em um lugar de onde estão sempre mandando você ir embora, sem consciência, sem conhecimento. Sem história.

Depois da guerra, o império em frangalhos voltou a convocar seus súditos coloniais. Dessa vez não pediram soldados, mas enfermeiras para carregar nas costas um cambaleante Sistema Nacional de Saúde. Enoch Powell em pessoa navegou até Barbados e nos implorou, venham.

Então nós viemos e construímos e consertamos e cuidamos; cozinhamos e limpamos. Pagamos impostos, pagamos aluguéis extorsivos aos poucos senhorios que nos aceitavam. Fomos odiados. A Frente Nacional perseguiu, queimou, feriu, erradicou. Churchill reuniu forças-tarefa para nos expulsar. *Mantenha a Inglaterra Branca*. Enoch, antes um recrutador intrépido, agora nos alertava sobre os rios de sangue caso não fôssemos embora. Novas leis foram elaboradas; nossos direitos, revogados.

Ainda assim, alguns sobreviveram. E conseguiram, de algum jeito, com salários parcos, economizar um pouco. Acabaram tendo condições de se mudar – esposa, marido e filhos – de um quarto alugado, em uma casa compartilhada por cinco famílias, para uma casa com quatro cômodos só para eles. Da qual eram donos. E uma ética, um modo de pensar, um ímpeto foi estabelecido ali, que persiste até hoje. Uma busca incessante, inexorável.

*

Transcende a raça, eles dizem de pessoas negras excepcionais que já morreram. Como se a superação incansável, levada ao limite à medida que o tempo se estende ao infinito, superasse até mesmo os limites, até mesmo o infinito, até mesmo este lugar.

*

Só conheço a Jamaica pelas histórias. Visitas de tias e tios, primos – parentes. Descascar fatias de fruta-pão; mangas; bolos de frutas; uma pera doce e cremosa partida ao meio, espalhada sobre um pão de massa firme; memórias sobre a família, sentados na varanda noite adentro, todos juntos, contando histórias uns aos outros. A expectativa de uma família sempre amorosa, acolhedora e calorosa se afastando. Todos eles voam de volta.

Eu fico aqui. A prima inglesa.

*

Tive esse colega de escola – não o vejo desde o sexto ano, mas lembro que todas as noites os pais dele o faziam ficar de pé em uma escrivaninha no meio da sala, na frente deles, para fazer o dever de casa. Assim que ele chegava. Nada de comer, beber ou ir ao banheiro. Só ficar ali e fazer o dever. A mãe dele contava vantagem disso no portão da escola. Ele chegou a me dizer, do jeito como as crianças às vezes contam as coisas, que uma vez fez xixi nas calças parado ali. E a mãe o obrigou a continuar. A calça molhada ficando fria, grudada nas pernas, até que todo o dever estivesse feito.

Ele conseguiu uma bolsa de estudos para a escola de elite Haberdashers' Aske's. O folheto que ele tinha, já amassado de tanto manuseio, alardeava uma taxa de *vinte por cento* de aprovação em Oxbridge.

*

Mas tudo que você fez para chegar lá não é útil depois da chegada.

Um fato difícil de assimilar, e mais difícil ainda de pôr em prática.

Eu entendo o que este fim de semana representa. Ele abriu a cortina e me convidou para os bastidores. Não é aceitação, ainda não. Apenas um passo adiante, mais perto. Preciso aprender a navegar. Por meio dele, e de Rach, eu estudo esse capital cultural. Aprendo o que devo fazer. Como devo viver. Do que devo gostar. Eu observo, imito. Requer prática. E a compreensão daquilo que está fora de alcance. Do que não sou capaz de fazer.

Nasci aqui, de pais nascidos aqui, sempre morei aqui – e ainda assim, nunca fui daqui. A cultura deles se torna paródia no meu corpo.

*

Sentada aqui, eu me sinto apertada e incomodada. Minha bolsa está no bagageiro de cima. O casaco dobrado no colo. Estou com calor e minha pele está coçando. Quero sair deste trem, voltar ao meu apartamento, arrancar estas roupas que pinicam e deslizar para debaixo de lençóis de algodão frescos.

Só quero descansar. Parar. Só por um minuto.

Esse tipo de pensamento leva à destruição. Ou quem sabe à falta de ação, que é a maneira mais lenta e dolorosa de se destruir. Ainda há tanto a se fazer. Ao mesmo tempo, tanto já feito.

Ainda estou aqui, não estou? Pode ser que acabe logo. Talvez eu consiga parar de me importar. Parar de tentar – não, eu não posso ser imprudente, não posso fechar as portas tão cedo. Poderia levar anos. Sorte. É apenas oportunidade e preparação.

*

A minha preparação para a prova foi meticulosa. Era tudo que existia. Da manhã à noite, cada hora programada no meu cronograma autoimposto. Naquela época, eu tinha uma dedicação absoluta, que nunca mais recuperei. Sem distrações, sem perder o foco. Sem devaneios. Era uma meditação. E após meses de estudo dedicado, andei pela última vez da estação até a escola, atravessei o cruzamento movimentado. Eu estava pronta.

E vi tudo: quarenta anos se estendendo indefinidamente, correndo por uma rua pavimentada e brilhante. Barcos e champanhe, voos, vistas panorâmicas, a sala da diretoria, telas luminosas do mercado de ações; luzes piscando, a melhor sala do escritório, o canto recluso do clube exclusivo; um terreno extenso e verdejante. Nuvens passando como algodão úmido sendo esticado; lã estendida pelo céu. Um céu azul e frio. Vush, o limpador de para-brisas desliza pelo vidro seco e...

Uma mulher está sacudindo o meu braço e berrando O QUE HÁ DE ERRADO COM VOCÊ? Um carro, em um ângulo torto, ocupa duas pistas, outros buzinam, pedestres param para olhar. Tudo está parado – por enquanto, a mulher me arrastou de volta para a ilha. Ainda está me sacudindo.

Gabaritei a prova.

Premonição ou plano? Não importa, continuo perseguindo.

*

Tenho ganância para *daqui até mais cem anos*.

*

Esta é a explosão

    e esta é a escalada, você a percorreu em círculos, até o alto. Não com euforia, como havia imaginado. Mas talvez nunca seja assim quando você está dentro da coisa. Só que não pode

    durar, você sabe. Então, você conserva, você guarda para um dia chuvoso. *Chove todo dia na Inglaterra!* Aqui está você, com suas contas e agora com seu contador, e você põe as coisas em títulos, em fundos; você martela o custo médio. E você se prepara. Mantém dinheiro em contas, na carteira, em uma caixa debaixo da cama. Ouro – você começa a considerar. É sério, alguma coisa está sempre a caminho. Palavras gravadas em relevo – em bronze, em alumínio, você assiste a vídeos de homens derramando fogo em baldes; os restos ardentes, carbonizados. Dinheiro é só uma crença, a realidade é uma percepção, então por que não? Reserve um pouco ali, um pouco em cada lugar. Mas tenha cuidado, e guarde

    você vê outros – Rach, Lou, eles gastam. Eles aproveitam. Mas será que o ápice do atual estilo de vida deles é realmente um novo patamar? Você não sabe. Mas você é capaz de sobreviver a uma emergência, se submeter a testes de estresse financeiro, não vai ser destruída por algo pequeno. É o que você espera. Existe apenas esperança. Esperança que seja o suficiente para aguentar qualquer crise até que a poeira volte a baixar e você consiga se apoiar, se levantar e começar a escalada de novo.

*

O pequeno envelope do governo é pardo em uma pilha de papéis brancos. Eu o abro e vejo meu rosto sério duas vezes entre as páginas. Nome, data de nascimento, nacionalidade. Estou horrorizada com o meu alívio, com esse tipo de alívio – frágil e simplesmente tão material quanto o papel em que está impresso. Vemos agora, como vimos antes, a prontidão deste governo e da entusiasmada Secretaria do Interior para destruir papéis, nossos registros e evidências. O que é a nacionalidade quando você vê vans anti-imigrantes com a mensagem *Vá para casa* passando pela sua rua? Quando você ouve a batida, sempre inesperada, na porta? Quando *britânico*, reduzido a um pedaço de papel, é deixado de lado e pisoteado? A capa do passaporte parece nova e lisa em minhas mãos. Guardar, fora de vista. Dentro da pasta no fundo da última gaveta da cômoda.

*

Rach é eficiente na organização. *Levar, depósito, doação*. A pilha ao meu lado na cama, *levar*, é a maior. Os vestidos, suéteres e blusas dela. Os tecidos finos farfalham quando ela coloca cada item ali. Inspiro o aroma cítrico e almiscarado. Ela já separou as ferramentas correspondentes: escovas especiais, pentes, xampus, sprays. Todo tipo de coisa. As roupas dela demandam cuidados complexos, detalhados em etiquetas costuradas na parte interna.

Isso de morarem juntos talvez até faça bem para a carreira dela, Rach fala. A voz soa indagativa e abafada lá de dentro do closet. Mais oportunidades de networking?

Ela emerge com três vestidos – modelos vibrantes, florais, estampados –, que carrega nos braços como noivas desmaiadas. Suspira e pousa as peças perto de mim. O chiffon esvoaça, delicado e ondulante, com a brisa que entra pela janela aberta.

Enfim, a gente não pode deixar a vida para depois, ela diz. Temos que viver.

*

As esposas e namoradas estão distribuídas entre nós em uma formação garoto-garota-garoto. Duas estão em estado avançado de gestação, sorrindo detrás das barrigas em formato de bola de praia, rosadas e suadas no sol da tarde. Aqui, em volta da mesa de piquenique de Lou, feita de madeira de demolição, sou tão forasteira quanto no escritório. Nem homem, nem esposa. Inclassificável. Mas meu namorado é simpático como sempre. Sentado ao meu lado, conversa e faz perguntas. Ri com Lou e os outros. Ele consegue se encaixar em qualquer lugar. E me traz a reboque. Minha escada em meio às cobras.

Na semana seguinte, de volta ao escritório, o marido de uma das mulheres grávidas se senta à minha frente. O nome dele não está na lista. Sem nome, sem promoção. Ele puxa o ar pelo nariz. Com as bochechas estufadas, os lábios apertados e as narinas tremendo, faz questão de evitar contato visual comigo, até que finalmente diz:

É tão mais fácil pra vocês, negros e latinos.

Ele diz que é por isso que fui escolhida, em detrimento de caras qualificados como ele. Diz que não tem nada contra a diversidade. Só quero o que é justo, o.k.?

O.k.?, ele diz outra vez.

O.k.?

Ainda estou digerindo as frases anteriores. Mas o.k., o.k., o.k.

*

Explique o ar.

Convença um cético. Prove que está lá. Prove o que não pode ser visto.

Uma alegre brutalidade atravessa você todos os dias – como justificá-la? A sua experiência? Carne cortada. A sua esperança. Evaporação? Você não consegue romper a percepção deles da realidade. *Respire*. À noite. A coisa desliza das profundezas; um quadrado branco contra o seio esquerdo. Agarra, se espalha; pelo pescoço, aperta e espreme. Acordar – sufocando, rosto úmido, braços tensos, peito (frio), não olhe; os olhos para o alto, as lâmpadas têm um brilho insólito. Está escuro.

Asfixia, *quod erat demonstrandum*.

*

O diretor de riscos parece um pouco ridículo sentado em frente a mim. Vestindo uma camisa polo, com os óculos escuros sobre o cabelo despenteado. Sem os azuis, cinzas e brancos bem engomados da alfaiataria de segunda a sexta, ele não passa de um homem de meia-idade. O corpo mole e começando a enrugar. Rach está séria, mexendo o mojito sem álcool com um canudo murcho de papel. O cachorro deles lambe a água de uma tigela embaixo da mesa. Não sei por que o restaurante permite isso.

Essa coisa já se estendeu mais do que Rach pretendia. Do flerte para o caso e daí para uma coexistência secreta e desconfortável com a esposa; por fim a separação;

e agora a fusão, incerta e não verbalizada, para uma vida em comum. Cachorro em comum. E brunch.

Rach fez a escolha. Por que eu não consigo?

Isso é uma oportunidade, é a minha chance. De interromper a escalada infinita. De deixar minha família em condições melhores. E de deixar todo o resto para trás. De *transcender*.

Por que eu não deveria?

E por que preciso convencer essa médica – ou qualquer outra pessoa? Já tomei minha decisão. Quero gritar! Minha vida. Minha escolha. E eu a fiz. Eu escolhi.

*

Olho para o meu casaco; o toque do lyocell sem brilho parece macio e caro em minhas mãos. Veste bem. É ideal para entrar neste prédio silencioso, nesta rua arborizada e arquitetonicamente interessante; subir as escadas até a recepção elegante e então atravessar para o ensolarado consultório. De frente para esta médica bem-vestida. Eu fiz por merecer este casaco e esta médica e esta vida e agora esta escolha.

Ela ainda está falando. Explicando. Dizendo, dizendo, dizendo, dizendo...

Não.

Minha voz é firme. Digo que já tomei minha decisão.

*

Seja a melhor. Trabalhe mais, com mais inteligência. Supere todas as expectativas. Mas também seja invisível, imperceptível. Não deixe ninguém desconfortável. Não seja inconveniente. Exista apenas no negativo, no espaço ao redor. Não se insira na narrativa principal. Passe despercebida. Transforme-se no ar.
Abra os olhos.

*

Duas irmãs:
Uma, quatro anos mais nova, quer fazer tudo que a mais velha faz. Usar os mesmos talheres, vestir as mesmas roupas. Ir para a mesma escola, para a mesma universidade. E agora ela está em uma empresa logo no fim da rua. As irmãs se encontram para almoçar. A mais nova corre pelo mesmo caminho e a mais velha não consegue impedi-la, não consegue evitar que ela continue. Não pode libertá-la da eterna perseguição esmagadora.

*

Uma vibração. Ele já está na estação.
Quase chegando, respondo.

TRANSCENDÊNCIA
(FESTA NO JARDIM)

Obrigado, ele diz no silêncio repentino quando o motor para. Baixa os olhos para o volante. Estamos estacionados na entrada de cascalho em frente à casa dos pais dele. Adiante, além do gramado, algumas janelas lançam um brilho alaranjado na noite.

Ele diz que está feliz por eu ter vindo. Com a biópsia e tudo mais – ele faz uma pausa e se vira para mim. Sob a luz fraca, vejo a seriedade em seus traços. Os olhos dele são sombras escuras.

— Estou feliz por você estar bem — diz ele. Então se inclina e me dá um beijo na bochecha.

Do lado de fora, o silêncio e o ar parado são opressivos. O portão de entrada, de ferro forjado, deslizou de volta e se fechou num sorriso. Postes em miniatura projetam cones estreitos de luz amarela, iluminando o caminho até a casa. Os pais nos recebem à porta. Helen e George – eles insistem que eu lhes chame pelo primeiro nome – me levam para dentro. Um grande aquecedor de ambiente, em forma de banco, ocupa uma das paredes da larga entrada. Os dois são todos sorrisos, calorosos e receptivos. A mãe, Helen, afaga o ombro do filho.

Eles me conduzem até um cômodo ao lado, aconchegante e acarpetado, onde o fogo crepita na lareira. Sente-se onde quiser, eles fazem um gesto em direção ao conjunto de sofás e poltronas. Eu me acomodo no sofá de dois lugares, florido e desgastado, perto do fogo. O pai abre um armário e estende a mão aracnídea sobre as fileiras de copos e garrafas. O filho deles se senta em uma cadeira de leitura à minha frente, se reclina para trás e cruza os tornozelos. Vira e retorce o corpo à medida que se espreguiça e boceja, as mãos entrelaçadas puxando os braços para cima e para fora, terminando com um urro lento e melancólico.

— Então — O pai começa enquanto serve as bebidas. — Me conte como você acabou trabalhando com finanças. Por que não está agitando as mudanças no Partido Trabalhista? — Ele dá uma piscadinha. — Construindo a nova ordem mundial.

— Ela está mais para fã do Tony Blair — diz o filho.

— Ahh... — O pai volta a me olhar, intrigado, mas a mãe o corta com uma sutil reprovação.

— Política a esta hora? — Ela sorri para mim.

O pai continua servindo.

— Tudo bem, tudo bem — ele diz com um humor caloroso. — Mudemos de assunto!

Ele pega outro decanter e então se senta em frente a mim, ao lado da esposa e do filho, que agora está esparramado sobre a cadeira com um drinque na mão. As chamas queimam com perfeição e sinto calor sentada assim tão perto delas.

— A gás! — O pai dá um sorriso. — Você notou? Eu sei, eu sei, é uma trapaça.

Ele me fala sobre a lareira e sobre a complicada restauração da cornija acima dela, feita alguns anos antes. O filho entra na conversa. A mãe também. Todos eles falam e eu observo. No geral, tenho prática em ficar calada. Escuto, reajo, de vez em quando pergunto. Eles enumeram alguns dos convidados do dia seguinte, amigos da família – figuras políticas, claro, mas também criativas, acadêmicas, alguns advogados e por aí vai. Uma variedade sutilmente deslumbrante.

O que estou fazendo aqui?

Desde que embarquei no trem, senti essa inevitabilidade macabra. Como se eu não pudesse voltar atrás. Mas, ao mesmo tempo, estou fascinada. Já conheci pessoas como George antes, muitas delas, das mais diversas aparências e desempenhando diferentes papéis. Já observei, examinei e concluí antes, mas estou aqui agora, vendo um deles em casa. Com sua esposa e seu filho. Não quero ser parte disto. Quero agarrá-lo com força, agarrar o rosto dele e abrir bem a boca, separar as mandíbulas e alcançar lá dentro, no fundo. Tocar o que está no interior.

O filho pergunta sobre os irmãos, eles vão vir?

— Ellie já está lá em cima — a mãe responde. — Está *bastante* tarde.

Mas o pai ainda tem perguntas. Fazendo um contato visual fixo e entusiasmado comigo, ele quer saber a minha opinião sobre tudo. O programa de TV *Love Island*? Cambridge? Crimes violentos; os BRICS; o investimento da China na África?

As questões soam menos como perguntas e mais como tratados verbais bem fraseados.

— ... mas não podemos simplesmente permitir que isso continue sem restrições — Ele bebe a última gota e, em seguida, pousa o copo vazio com um tilintar. — Podemos?

O filho deita a cabeça para trás e fecha os olhos. Estou desconfortável, cansada demais para aquele debate socrático.

— Certo, mas e... ah sim. Essa é boa. Todo mundo vai gostar dessa. O bebê real? Meghan Markle? Isso sim é progresso, modernização. Um troço inspirador.

O filho deles também tinha ficado animado com o casamento real. Organizou um churrasco, pendurou bandeirolas do Reino Unido, comprou bebidas e convidou os amigos. Assistiram à cobertura da BBC com sorrisinhos sinceros e impressionados. Para ele, para todos eles, parecia significar... alguma coisa. Ele encontra o meu olhar do local onde está sentado, de frente para a lareira.

Inspirador, eu concordo.

Quando finalmente dizemos boa-noite, o filho insiste em improvisar um tour pela casa a caminho do quarto. Ele é um guia entusiástico, fazendo floreios ao abrir portas pelas maçanetas de bronze. *Depois da senhorita...* À medida que avançamos, ele conta histórias mirabolantes sobre aquela propriedade, ou apenas relembra com carinho as memórias de infância. Brincava de esconde-esconde aqui, uma vez acobertou um vaso quebrado naquele baú ali. Os cômodos são como eu imaginava: uma arquitetura grandiosa tornada mais casual pela mobília *country chic* envelhecida. Acima de tudo, estou impressionada com os corredores; como são espaçosos – parecem infinitos –, com elaborados entalhes em gesso no ponto onde as paredes, por fim, dão lugar ao teto. Já um tanto pisados, os tapetes estampados ainda estão vivos e bem cuidados. Assentados com perfeição em curvas de corredores, degraus de escadas e através de portas. Ele para à minha frente, esperando para me mostrar a biblioteca. Demoro a alcançá-lo, parando de vez em quando para observar melhor uma peça de arte, como se estivesse em uma galeria. É uma coleção eclética; molduras alegres contendo impressos (pôsteres de festivais, filmes clássicos) e fotografias ao lado de originais de aspecto sério, emoldurados e exibidos de modo adequado. Além de alguns quadros que presumo terem sido feitos pelas crianças da casa.

Ele diz que a biblioteca sempre foi seu cômodo favorito. Embora deva admitir que ela está mais para um amplo escritório.

— Mas com uma batelada de livros!

Alguns, ele destaca, escritos pelo pai dele. Outros, mais antigos, diziam respeito a indivíduos ou a aspectos relacionados a sua história ancestral meticulosamente documentada. Um ou outro, mais novos, faziam referência ao pai – ainda que de maneira tangencial. E alguns são apenas livros.

— Meu pai se fez neste cômodo — ele diz. A frase parece ensaiada. O pai dele havia dado início a um grupo de discussão de conservadores, em seguida atuara como conselheiro de políticos. Nomes cada vez maiores, transformando o próprio em um talismã de obscura influência política. Quem sabe quanto disso é verdade? Não tenho como verificar as anedotas grandiosas do pai.

Mesmo assim, aquelas sombras pairam imensas sobre o filho. Ele as persegue. Mas será que não preferiria fazer outra coisa?

— O que poderia ser mais importante do que isso? — ele pergunta.

Irritação, ou talvez raiva, pisca em seu olhar. Ele se apoia na escrivaninha, cruza os braços na frente do peito. Diz: gostaria de poder ser como eu. Aceitar um trabalho sem alma na cidade, ganhar uma *caralhada* de dinheiro. Mas tudo isso – ele faz um gesto forçoso abarcando as prateleiras bolorentas em volta – exige mais dele. Há um legado a ser mantido. É uma compulsão, ele diz. Sente uma compulsão em deixar a própria marca naquele mundo! Isso foi incutido em sua mente. Ele se permite uma risadinha ácida diante dessa última observação.

Está tarde. Devíamos ir para a cama.

Ele diz que é fácil conversar comigo. Que somos sinceros um com o outro. Diz que ama isso em mim. Tudo bem, ele diz. Ele vai me falar uma coisa. Uma coisa sincera. Algo que nunca disse a ninguém. Ele mantém um – não, não é um diário, é uma espécie de biografia que está sempre escrevendo, fabricando. A história dele, da vida dele, ele a escreve e reescreve, todos os dias, na própria mente. Antes de fazer qualquer coisa, testa primeiro como ficaria nas páginas da biografia. Aquilo se encaixa, atende ao nível esperado? Poderia estar em uma daquelas prateleiras? Ele precisa de um sim, do contrário não faz.

É assim que ele vive, diz.

Não consigo enxergar muita coisa no breu do quarto dele. É esquisito desbravar o espaço que o moldou tantos anos atrás. Consigo distinguir a silhueta blocada de uma estante de livros, séria e bem abastecida de suas leituras juvenis. Algumas estrelas coladas no teto emitem um fraco brilho fosforescente.

Ao meu lado, adormecido, ele é disforme como água. Imperturbável pelas ansiedades do dia. A respiração compassada. Com ele, eu me tornei mais tolerável aos olhos dos Lous e Merricks deste mundo. A aceitação encoraja os outros a fazerem o mesmo. A presença dele valida a minha, assegura-lhes que sou o tipo certo de diversidade. Em troca, lhe confiro certa credibilidade liberal. Compenso um pouco da bagagem política que vem com o dinheiro de berço. Asseguro a posição dele de centro-esquerda.

Coloco meu celular no silencioso. Talvez ele não reconheça o pragmatismo da nossa união do mesmo jeito que eu, ou do jeito que Rach reconheceria. Do jeito que o pai dele certamente reconhece. Mas está ali. Em sua biografia imaginária, este relacionamento será reduzido a uma frase – talvez duas. Uma frágil evidência de sua mente aberta, de seu talento natural para construir pontes.

Tudo é uma troca.

Lou aparece na minha tela. O e-mail dele diz que sua assistente está off-line e precisamos de voos para Nova York na segunda-feira de manhã. Merrick quer a gente na América, in loco. Fecho os olhos – expiro – e penso nas implicações disso. Quero dizer a ele que não, que reserve a merda da passagem sozinho. O eco retangular da tela permanece, luminoso por trás das minhas pálpebras. Agora não é o momento de ser difícil, eu sei, e vou ter que reservar a minha passagem de qualquer forma (inspiro). O que custa uma a mais? Ele enviou o número do passaporte, data de validade e uma carinha feliz no final.

Expirar,

inspirar.

Reservado, respondo depois. 7h35. LHR. Cartão de embarque anexado.

Tenho um ímpeto de deslizar a tela até o ponto em que vou encontrar o nome da minha irmã, com o link que ela me enviou ontem para algum espetáculo a que nós duas estamos querendo assistir. Em vez disso, deixo a tela esmaecer, depois escurecer e apagar.

Sem o brilho do celular, a escuridão é perfeita. Meus olhos demoram a se acostumar. O silêncio aqui é absoluto. Sinto que ninguém me observa. Embora eu saiba o que está por vir, o que se espera de mim, na festa de amanhã. Entendo a função que vim desempenhar. Há uma promessa de emancipação e pertencimento, sim. O clímax narrativo da minha ascensão social. Claro que eles – a família e até mesmo os convidados – sabiam que eu não poderia recusar tal convite.

Serei observada, esse é o preço da admissão. Vão querer ver como reajo à sua abundância: moderação educada, revolta disfarçada e uma fome ávida, primordial, por baixo de tudo. Preciso desempenhar esse papel com um verniz descolado de nova-rica da geração *millennial*; distribuindo tiradas ousadas e inteligentes para acompanhar os *hors d'oeuvres*. É uma ficcionalização de quem eu sou, mas minha interação transforma essa ficção em realidade. Meus pensamentos, minhas ideias – até minha identidade – só podem existir como resposta às palavras e ações dos convidados da festa. Articulados no perímetro da forma deles. Reforçando tanto a individualidade quanto a centralidade que ela ocupa em relação à minha. De que outro modo poderiam ter certeza de quem são, ou daquilo que não são? O contorno requer um firme delineado negro.

*

— Que vestido bonito.

A mãe olha para mim, do outro lado da cozinha. Estamos banhadas em uma luz doce. Uma parede de portas francesas articuladas se abre, estendendo o cômodo para um amplo jardim e nos brindando com o ar fresco da manhã. Mais adiante, quatro homens em uniformes brancos avaliam diferentes pontos do gramado. Postes de metal, montes de tecido branco e carretéis de cabos estão dispostos ao redor deles. Não olham em nossa direção.

A mãe pega uma caneca de um dos armários e a enche com chá do bule levemente fumegante. Ela a desliza pelo balcão até mim.

— Alecrim, do quintal.

Sinto pontadas subindo pelo braço quando a ponta dos meus dedos toca as laterais da caneca quente. Ela está detalhando os planos para o dia. Casual, reforça. Um bufê de aperitivos, um pouco de música.

— Aquilo é o toldo, eles estão instalando. — Ela faz um aceno de cabeça para os homens. — Cristine, a responsável pelo bufê, que os recomendou. Não dá para confiar que esse tempo vai firmar!

Ela chega um pouco mais perto de mim, ainda olhando para a área externa.

Vai ser uma festa e tanto.

— Bom, queríamos marcar a ocasião, sim. Quarenta anos. Mas, na verdade, não passa de uma boa desculpa para reunir todo mundo. A família, os amigos da família.

Ela sorri de novo para mim com uma expressão empática nas sobrancelhas. O rosto dela tem um formato quadrado, com rugas muito suaves, atenuadas por uma penugem bem clara.

— É muito bom ter você conosco — ela diz.

Aberta desse jeito, a cozinha parece grande, ilimitada: todo o jardim, as colinas mais além e até mesmo o céu pálido estão ao alcance das mãos. O piso é ladrilhado de ardósia e a grande ilha central tem um fogão embutido. Na parede dos fundos, armários de carvalho exibem pratos e cristais decorativos de estilo antigo. O filho ainda está lá em cima, dormindo. Eu deveria ter ficado no quarto lendo, ou apenas deitada ao lado dele, esperando.

— Torrada?

Ela coloca quatro fatias e liga a torradeira. Pasta de amendoim, Marmite, geleia – à medida que os enumera, ela organiza todos os produtos para espalhar no pão, dispondo-os sobre o balcão ao lado de nossas canecas. Aperto os olhos para ler as etiquetas escritas à mão em cada vidro, escolho um que se parece com damasco.

Torradas nos pratos. Ela é habilidosa com a faca sem ponta, espalhando a fina camada de manteiga sobre a superfície carbonizada. Como um monge que se recusa a desfrutar do ritual ou sucumbir a qualquer excesso. Mas então ela dá uma mordida e mastiga. Fecha os olhos para sentir melhor o aroma e o sabor. Observo enquanto ela engole. Toma um gole de chá. Morde outra vez, mastiga. Engole.

Tudo parece suspenso.

A mãe, alheia àquela desaceleração repentina do tempo, dá mais uma mordida. A mandíbula tritura ritmada, se contraindo e se alongando; os tendões emergem retesados, sobem em direção às orelhas e somem por entre as mechas de cabelo grisalho. Perto da têmpora, um osso ou cartilagem ou algum outro elemento rígido oscila e se tensiona contra a pele branca esticada. Toda a lateral do rosto dela está engajada nessa elaborada ação mecânica, até que, de modo catártico, a pele ligeiramente flácida do pescoço faz o familiar movimento de contração, e o bolo triturado e amolecido de torrada, saliva e manteiga, transformado em uma pasta, se espreme para baixo; empurrado pelo esôfago pulsante, é engolido.

Ela levanta a caneca até os lábios e bebe.

Peças de metal se chocam quando os funcionários unem os postes, formando contornos abstratos. Surdos e terrosos: os baques e gemidos reverberam com impacto à medida que os homens ancoram a estrutura na grama. A mãe contrai os lábios – oh – ao escutar o barulho. Quanto tempo será que o gramado vai levar para se recuperar? Daqueles postes e estacas marretados, inseridos. E logo mais os convidados; seus corpos pesando sobre o solo, perfurando-o com saltos, à medida que circulam e vagam de um lado para o outro.

— Ellie já vai descer — a mãe diz. — Para me ajudar com tudo isso.

Ela faz um gesto para a cena atribulada diante de nós. Algumas outras pessoas, aparentemente funcionários do bufê, carregam caixas, cadeiras, montes de flores de caule longo, vindos de algum lugar fora de vista à esquerda.

— Ah, não — diz quando me ofereço para ajudar. — Ellie está vindo.

Ela limpa as migalhas das mãos sobre o prato vazio e me conta sobre uma amiga do filho, uma antiga paixonite, na verdade. Coisa do passado, ela me garante. Não preciso me preocupar. Mesmo assim, ela diz, essa amiga costuma chegar cedo nessas ocasiões, para dar uma mãozinha.

— Estou com ajudantes até demais. — Ela faz um gesto teatral de exasperação.

Imito o divertimento da mãe, reconhecendo aquela enunciação treinada; o modo deliberado como forma as consoantes em torno das vogais trabalhadas. Ela está iluminada por completo neste momento, aqui, em sua belíssima cozinha. Em seguida, ela recolhe os pratos e nós reassumimos nossa performance de anfitriã e hóspede. Jogamos conversa fora, distraidamente, até que, por fim, escuto a aproximação cambaleante do bebê com Ellie, como prometido. Ellie responde em tom pragmático aos ruídos ambíguos do bebê, como se estivessem tendo uma conversa real e cansativa. Ela me cumprimenta com um alegre aceno dos dedos, então mãe e filha se agrupam para discutir a logística. Onde os carros serão estacionados, a que horas a banda chega – coisas que suponho já terem sido discutidas e definidas com semanas de antecedência. O bebê se estica para mim, inquieto, se inclinando e se retorcendo para fora dos braços da filha. Ela o instala em um cadeirão – uma geringonça estilosa, em madeira de nogueira. Ele chuta e balança os pezinhos. Mais uma vez, estende os braços para mim.

 O olhar da mãe parece um toque, melado e sedoso, como teias de aranha sobre a minha pele. Eu me viro para olhar ambas, mãe e filha. O rosto da mulher mais velha se estica em um sorriso.

 — Toda essa conversa sobre a festa — ela diz. — Você deve estar morta de tédio. — Antes que eu possa

responder, ela me aponta a solução: um balanço externo.
— Ar fresco é tão revigorante — ela completa.

Portanto, atravesso a cozinha e cruzo até o jardim, tomando cuidado para não atrapalhar a equipe que arruma as mesas e a decoração. O gramado se estende para todos os lados em erupções geométricas de flores e plantas folhosas. Mais para trás, degraus de pedra descem até uma fonte com musgo, emoldurada por cercas-vivas e ainda mais flores. É tudo lindamente cultivado, com um leve toque de natureza selvagem. Que presumo ser alcançado pelo trabalho de um jardineiro atencioso. Olho de volta em direção à casa, para aquela grandiosidade de hera, dominante e sorrateira. É uma mansão, na verdade. *O vento nos salgueiros* – eu mesma fico surpresa com a referência constrangedoramente infantil. Mas é verdade, esse lugar se parece com as ilustrações em aquarelas fluidas e delicadas da minha memória de infância. E, de alguma forma, entrei nelas. Aqui estou, do lado de dentro.

— *Ei, ei. Moça bonita.*

Um dos funcionários, carregando uma grande mesa dobrável debaixo do braço, grita de alguns metros à frente. Quando olho, ele para de andar, põe a mesa no chão e se apoia nela.

Moça bonita, você acha que isso tá certo? Você passeando debaixo do sol enquanto eu trabalho, hein? Que vida!

O sotaque melódico dele soa ácido. Ele é mais velho – uns quarenta e muitos anos. O cabelo úmido continua grudado na testa mesmo quando sacode a cabeça.

Eu me pergunto para quem mais naquela casa ele diria uma coisa dessas. Em seu entendimento da hierarquia social, do que é *certo*, quem tem o direito de caminhar, de respirar, de aproveitar um sábado? Ele tem bolsas azuladas debaixo dos olhos e uma papada pronunciada. O corpo inteiro parece desmontado com ele parado ali, esperando uma resposta. Ele me enoja, percebo. Sua raiva impotente, sua necessidade de se autoafirmar – de me dizer a quem ele acha que aquele mundo pertence. Viro as costas, em direção aos degraus na parte dos fundos do jardim.

Moça bonita?, ele chama atrás de mim. É *brincadeira*, moça bonita, volta aqui.

Continuo andando até não ouvir mais a risada dele.

Está mais fresco perto da fonte. Alguns peixes gordos, de um laranja prateado, nadam em círculos pelo laguinho ali embaixo. Observo-os disparar por entre as pedras, desaparecendo e reaparecendo, brilhando na luz refratada em furta-cor. *Convencer o pior homem branco...* Lyndon B. Johnson acertou ao diagnosticar a importância de um outro, não branco, para aplacar seu povo. Tenho observado com uma curiosidade apática enquanto este continente despedaça a si mesmo: confuso, perdido, doente de nostalgia pelos dias gloriosos do imperialismo – quando *eles*, os outros, eram tão claramente definidos! É evidente agora, a prova de irracionalidade tornada óbvia em retrospecto, que esses superpoderes mundiais não são nem infalíveis nem superiores. Não são nada, não sem uma relativização imposta pela brutalidade. Uma brutalidade organizada e sistemática que seus filhos frouxos e molengas mal têm estômago para aguentar – nem sequer reconhecem. E, no entanto, se agarram a ela enquanto verdade. Nunca houve nada absoluto, nenhum desígnio divino. Apenas uma sorte elusiva e aleatória. E então, cumulativa.*

Saio; levanto e pouso de volta no lugar a alavanca enferrujada para fechar a cerca atrás de mim. Mesmo da periferia, mesmo daqui, a casa já parece bem distante.

---

* É impressionante, mesmo
na privacidade ostensiva dos meus pensamentos
eu me sinto
(ainda)
compelida
a restringir o que digo.

Não sou muito de ficar divagando, mas neste momento quero caminhar. Mais longe até do que o amplo jardim permite. Quero distância. Eu acho. Pelas colinas acima.

    Ando até elas.

Ele se espalha, a médica disse quando lhe perguntei como ele me mataria. Ela explicou os estágios. Disse que se eu deixasse por tempo demais, que se espalhasse demais, o dano seria insustentável. Metástase: ele se espalha pelo sangue para outros órgãos, crescendo sem controle, sobrecarregando o corpo.

Há um aspecto físico fundamental na riqueza da família. A casa, este terreno, a equipe, as obras de arte – todas coisas que eles podem tocar, nas quais podem viver, habitar. E a genealogia da família; todos os documentos, as fotografias. Livros! Uma curadoria histórica. Pressiono a palma contra a casca áspera de um tronco de árvore e olho para os galhos acima. Fresco e verde, o ar aqui tem cheiro de possibilidades. Imagine crescer no meio disto. O filho, é claro, insiste que as *melhores coisas* da vida são de graça. Tudo isso foi, é, de graça para ele. As crianças nas escolas daqui não precisam da motivação artificial de pessoas como eu. Elas correm riscos, perseguem seus sonhos, se aventuram a escalar até o galho mais alto e mais distante. Elas tentam alcançar – sabendo que o solo abaixo é de terra, grama macia e dentes de leão.

Consigo até entender Lou, levando tudo isso em conta. O azarão, é assim que ele enxerga a si mesmo, acredita no próprio conto de fadas de *superação*; de Bedford até uma posição sólida e mediana na escada corporativa, com um dois quartos e dois banheiros em um CEP elegante. Lou vai se sair bem, eu imagino. Ele vai ter tudo isso. Logo vai se mudar para algo melhor, e depois para algo melhor ainda. Vai colocar as crianças em listas de espera para as escolas certas. Fazer amizade com pessoas influentes, conseguir a próxima promoção, ser convidado para esquiar, começar a comprar ternos melhores. Ele vai evoluir. Até que se misture, indiscernível. Os filhos dele vão crescer conhecendo apenas essa realidade. Acreditando que ela é de graça.

A resposta: assimilação. A pressão está sempre lá. *Assimilar, assimilar...* Dissolver-se no caldeirão. E então emergir, derramar-se no molde. Dobrar-se até que os ossos fiquem lascados e rachados, até você caber. Forçar-se à forma deles. *Assimilar*, eles dizem, encorajadores. Depois franzem o cenho. Depois de novo e de novo. E sempre ali, em silêncio, por baixo da linguagem urgente de tolerância e coesão – desaparecer! Derreter na sopa multicultural de Londres. Não como Lou. Não aqui. Não dentro disto.

Vivo segundo o princípio de que, ao me deparar com um problema, tenho de buscar a ação a ser tomada para superá-lo; ou para me acomodar a ele; ou para traçar um novo caminho ao redor dele; até mesmo escavar o solo abaixo dele. É assim que fui preparada. É assim que nós nos preparamos, que ensinamos as crianças a abordarem esse cenário de obstáculo após obstáculo. *Trabalhar em dobro. Ser duas vezes melhor.* E sempre assimilar.

Porque eles (nos) observam. São ensinados a fazer isso desde a escola. A ver nossos corpos (seres) como objetos. Aprendem a enxergar divisões sociais como se fossem parte da geografia – inquestionáveis como montanhas, oceanos ou outros fenômenos naturais. Sem porquês nem portantos, sem as setas inclementes do imperialismo europeu cortando o mapa mundial. O ponto mais fundamental: corpos (negros) não identificados, sem nome e sem rosto, dispostos, entulhados e acorrentados, lado a lado, cabeça de um com os pés

de outro, dentro de um navio ilustrado em nanquim. Condições inadequadas para animais. Perpetuamente, mostram-lhes essas figuras, repetidas vezes, nas salas de aula. Até que isso se torna um axioma; aquela linha contínua do objeto
    para nós.
E então, eles olham:

Fig. 1.

Ele não tem vergonha. Está parado ali, pernas afastadas, vestindo um terno barato e sapatos com sola de borracha. Observando. A apenas dois metros de distância. Os olhos dele, cheios de expectativa, se agarram ao seu corpo, as pontas dos dedos batucam em um rádio comunicador. A estática ensurdecedora das suspeitas aumenta à medida que ele segue você pelos corredores. Ele fica alguns passos atrás, aonde quer que você vá. Você faz movimentos calmos e intencionais, mas sente o sangue pulsando no pescoço. Devia olhar diretamente para ele. Confrontá-lo. Exigir pelo menos um motivo. Mas não pode.

Você sabe que não pode.

A vibração dentro da bolsa faz você levar um susto. Você hesita, quase a ignora. Mas então se recompõe. Diz *fala sério*, pesca o celular dentro. Sente o olhar fixo dele estalando pelo seu pescoço, ao longo do seu braço, da sua mão, até os seus dedos, que se dobram ao redor do plástico liso enquanto o seu polegar desliza para cima.

Alô?, diz uma voz desencarnada.

Ele está olhando, olhando, olhando.

Fig. 2.

Em frente à lojinha da esquina, perto do seu colégio do Ensino Médio, costuma se formar uma fila de meninas aguardando. Um vendedor – transformado em segurança em meio ao movimento de saída da escola – fica parado na porta. Duas por vez, entrem na fila, sai-uma-entra-uma, ele entoa, como se recitasse um texto sagrado. Mas de repente ele deixa entrar duas ou três garotas que nem estavam na fila. Estudantes com lábios cor de cereja, cílios carregados de preto e cabelo loiro que forma curvas leves sobre os ombros, ele as deixa entrar. Em seguida olha feio para a fila, manda todo mundo falar mais baixo.

Fig. 3.

Noite de domingo em Nova York, manhã de sábado em Londres. Você faz a viagem de bate e volta regularmente a trabalho. Mas o funcionário para você. No aeroporto de Heathrow, domingo à tarde, o funcionário se posta em seu caminho antes que você chegue ao balcão da classe executiva. Coloca uma mão firme no seu braço. Os dedos do funcionário – vai saber o que mais eles andaram tocando – agora pressionam a lã cinza e macia do seu casaco. Você olha para baixo, para essa mão no seu corpo; para os pedacinhos de sujeira debaixo das unhas, os pelos claros brotando da pele pegajosa. E então o dono da mão, o funcionário, aponta e fala alto, como se você não fosse entender, dizendo: o check-in comum é ali.

O funcionário não confere a sua passagem, não, apenas direciona você para a longa fila. Ela serpenteia de um lado para o outro, contida pelos cordões, por todo o caminho até o balcão do check-in comum. O funcionário diz: isso, a sua fila é aquela ali.

Fig. 4.

Andando de volta da biblioteca até a faculdade uma noite, você os avista agrupados na ponte. Os rostos iluminados pela luz verde das telas de celular. Dois deles têm bicicletas, uma das garotas está inclinada sobre a amurada, cuspindo no rio lá embaixo. A conversa diminui à medida que você se aproxima, eles se viram e voltam a atenção para

você continua andando no mesmo ritmo. Pé esquerdo, depois direito. Mantém a cabeça baixa, segue em frente. Não existe para trás, ou mesmo para a frente; perceba isso. Existe apenas um infinito através, pelo meio de. Esse ambiente hostil. Essa vida hostil. E então aquela palavra – o fecha-te-sésamo que incute até mesmo em *crianças* numa ponte a riqueza e a estatura deste grande império britânico; sua arquitetura, suas muralhas, estátuas que assomam magníficas de cada lado –, aquela palavra que a garota cuspidora cospe em você, antes de espirrar mais saliva por entre os dentes. Formando ondas no silêncio, não na água, desta vez

  estão rindo e você já passou por eles e não olha para trás, só continua em frente, ignorando atrás de si o som dos pedais de bicicleta girando bem rápido

  não olhe

A médica falou que eu não tinha entendido...

Eu me lembro de Lou, almoçando na mesa de trabalho, enquanto a morte de Philando Castile era exibida entre um parágrafo e outro na tela de computador. Ele segurava o burrito acima da boca e pegava com a língua os grãos de feijão que caíam, à medida que desenrolava o papel alumínio envolvendo a *tortilla* macia. A médica falou que eu não tinha entendido, que eu não sabia como era a dor; de um câncer sem tratamento. Eu iria desejar ter agido mais cedo, ela disse. Dor, eu repito. Maligno. Assimilação – radiação, raios. Carne consumida, destroçada por olhos canibais. Vídeo e burrito terminados. A mão gordurosa de Lou envolveu o mouse e fechou a tela.

(entenda: o desejo é consumir o seu sofrimento, entreter-se com o arrepio que isso causa, o frisson dos pelos eriçados; de um sofrimento que reassegura tudo que eles entendem como a verdade suprema / que balança, emociona e arranha a garganta à medida que engolem aquilo inteiro / a mesma satisfação de um fio puxado, de puxar, desfiar, destruir)

Ao andar, o ruído áspero e farfalhado sob os pés deu lugar aos sussurros da poeira; sem peso, um passo suave. Estou perdida, tanto literalmente quanto no sentido mais amplo e abstrato desta narrativa. Embora ao olhar para trás, para baixo, eu ainda veja a casa: tijolos vermelhos se erguendo bem alto por detrás do toldo branco. É como se a casa e o toldo a distância fossem as únicas coisas que existem aqui e agora. Por que estou fazendo isto? Reduzi o filho, a família e a casa deles a momentos de escolha, lampejos, sumários. Costurei-os juntos a partir das palavras e ações de outros. De pessoas, indivíduos reais e complexos. *Transcendência*. Eu os ergo até aqui comigo, até estas planícies metafóricas a serem conquistadas. Onde podemos desempenhar os papéis de quem somos uns para os outros em termos simplificados. O que é o mesmo que dizer que estou pensando. A mãe estava certa, o ar revigora.

Mesmo assim, continuo fisicamente aqui. E não me sinto segura. Minha presença desconcerta colegas, estranhos, conhecidos, até amigos. Sim, eu já senti a saliva de indignação do meu colega de trabalho ao falar, gritando o que pensa a respeito de ações afirmativas. *Porra de cota*. Até Rach, com a mão suave sobre o meu ombro ao dizer que entende, claro. Ela entende, mas mesmo assim é difícil, sabe? É como se ser mulher não fosse mais o suficiente.

Supõe-se, sem questionamentos, que aquilo veio de graça; algo que não foi conquistado, algo *tomado* de alguém que merecia e trabalhava duro...

*

Embora estas colinas estejam vazias, e eu seja livre para caminhar por elas, há uma ameaça, sempre presente, desse mesmo impulso. Proteger este lugar de mim. A qualquer momento, qualquer um deles pode surgir, exigir saber quem eu sou, o que estou fazendo.

Quem disse que eu podia fazer isso aqui?

O filho – ele ama as histórias de homens monstruosos fazendo coisas horríveis em escritórios reluzentes e restaurantes Michelin. Tem um prazer voyeurístico na dor e no esforço honrado, antes da superação final. Depois, ele sorri e aperta a minha mão, senta-se mais relaxado. Seguro de sua participação no final feliz e tranquilo. Na solução.

Ele me apresenta aos amigos políticos, de todo o espectro. Conservadores que falam oh, ah e concordam com a cabeça, dizendo-me que eu represento os princípios deste país. E tão articulada! Liberais de cara amarrada que colocam tudo em termos simples: minha carreira imoral é contraproducente para a minha comunidade. Será que eu consigo enxergar isso? Minha questão primária é *pobreza*, não raça. Os semblantes sérios se inclinam de lado para avaliar minha compreensão, meu entendimento do papel que desempenho nesta sociedade. Eles evocam metáforas de barcos e marés e ondas crescentes de justiça. Não de reparação – não, nem mesmo o socialismo chega a tanto. Embora alguns proponham um efeito cascata um tanto capitalista, que transbordaria da Inglaterra para seus amigos retardatários da Commonwealth. Por meio da generosidade *econômica*: comércio e relações fortes! Liderança global. Os centristas assentem. O filho assente também. Nisso todos concordam.

Eles levam a sério o próprio fardo moderno; comendo hambúrgueres vegetais da Beyond Meat e grossas batatas fritas banhadas em azeite trufado.

Segundo bell hooks: *Devemos abordar a decolonialidade enquanto prática crítica se quisermos ter chances significativas de sobrevivência...* sim, sim! Mas não sei como. Como o legado da colonização pode ser examinado por nós quando os fatos básicos de sua construção são questionados na mente de seus beneficiários? Mesmo aquilo que não foi queimado nos anos 1960 – por oficiais britânicos, durante o frenesi de destruição em massa de documentos sancionado pelo governo. Operação Legado, para poupar a rainha do constrangimento. O ato mais pérfido, embora menos sensível, se provou o mais impactante: uma exclusão e um encobrimento deliberados no âmbito do currículo nacional. Por meio disso, mais do que registros foram destruídos. O próprio apagamento foi apagado.

Com uma tranquilidade desconcertante, a história da Inglaterra fora das guerras no século XX foi desenraizada, arrancada da memória coletiva do país. Suplantada. Vagos contos de fada sobre governos imperiais benevolentes floresceram em seu lugar. Como podemos nos engajar, discutir, sequer pensar por uma lente pós-colonial quando não há uma base comum de conhecimento? Quando até o mais simples relato dos eventos – preservado nos arquivos do país – levanta suspeitas, como uma teoria maluca da conspiração, na mente de seus cidadãos instruídos?

*

Quando vou às escolas, eu poderia tentar dizer alguma coisa. Para as assembleias de crianças em busca de inspiração. Porque mesmo hoje a pátria-mãe não afrouxou seu aperto. A Inglaterra continua a possuir, a abusar e a se beneficiar das terras tomadas durante suas explorações no século XX. Queimando nossos futuros para abastecer sua economia voraz. Sob ameaças de violência econômica. Ensinando-nos, enquanto isso, sobre autossuficiência. Interferindo em nossas políticas, nossas democracias, nosso acesso ao estágio da economia global; criando países subdesenvolvidos.

Melhor das hipóteses: essas crianças crescem, *assimilam*, arrumam empregos e despejam dinheiro em um governo que lhes diz eternamente que elas não são britânicas. Este não é o seu lar.

Será que eu devia dizer isso?

Não, não posso atacar de frente. Há convenções, o filho diz. Formas familiares, palatáveis. Fomentar a compreensão.

É assim que eles fazem nos discursos, ele diz. (Às vezes ele escreve discursos políticos.) Usar uma retórica atenuada, embutir a política numa história; torná-la acessível, pessoal. Honesta, ele diz. Moldar minha verdade em um arco narrativo...

Tudo bem, eu tento. Conto uma história. Mas ele exige mais. Ele quer saber quem fez aquilo, especificamente, e a quem. Qual foi a sensação? (Conferir-lhe uma corporificação visceral.) De quem é a culpa? (Um indivíduo, único e falho. Não um sistema nem uma sociedade nem a cumplicidade de uma maioria indistinta na manutenção do *statu quo*...) E o que isso nos ensina? Como nossa heroína irá transcender sua vitimização? Fale mais, ele encoraja. Ele diz que está escutando. Ele quer saber.

O que mais eu poderia dizer? Quantos detalhes são o suficiente? Suficiente para destravar o pensamento ou a compreensão ou mesmo algo básico, humano, empático, dentro dele. Simplesmente não está ali. Ou está fora do meu alcance. Minha única ferramenta de expressão é a linguagem deste lugar. Seus vieses e suas pressuposições permeiam todo o raciocínio que eu poderia construir a partir dela.

Estas palavras, símbolos organizados na página (em si mesma um veículo puro, imaculado, para a elucidação objetiva do pensamento), estas unidades básicas da civilização – como elas poderiam abrigar más intenções?

Fig. 5.

branco
ausência de matiz devido à reflexão de toda
ou quase toda a luz incidental.

                                negro
            sem luz; completamente escuro
            sem esperança ou alívio; sombrio
                  muito sujo ou manchado

exangue ou pálido, de dor, emoção etc.
benevolente ou sem intenção maliciosa

                    irritado ou ressentido

sem cor ou transparente

      relativo à realidade desagradável da vida,
          especialmente de um modo macabro
                      ou pessimista

coberto ou acompanhado de neve
contrarrevolucionário, muito conservador
ou monarquista

                que causa, resulta de, ou demonstra
                          grande infortúnio

vazio, como a área não impressa de
  uma página

                          perverso ou danoso

honrado ou generoso

                que causa ou merece desonra
                            ou censura

moralmente imaculado

      (de rosto) arroxeado, como por sufocamento

(em relação ao tempo, às estações etc)
auspicioso, favorável
dar um branco: lapso de memória,
  ficar sem orientação, sem clareza de
  raciocínio
mais branco que o branco

Como posso usar tal linguagem para examinar a sociedade que ela mesma reforça? A sociedade que a concebeu; que a pronunciou e a trouxe à existência e a cultivou até a maturidade enquanto seu povo rabiscava uma iluminação de letras cursivas em qualquer lugar que eu poderia chamar de lar?

A mão branca impressa na van branca empunha algemas metálicas contra um fundo negro, ao lado de letras garrafais que transformam a provocação de pátio de recreio em uma legitimidade custeada pelos impostos da população: *VÁ PARA CASA ou encare a prisão*.

Fig. 6.

> @hmtreasury
> Eis o #FatoDeSexta surpreendente de hoje. Milhões de vocês ajudaram a acabar com o tráfico de escravos através dos seus impostos.

(A conta no Twitter do Tesouro de Sua Majestade ilustra essa gracinha de interpretação histórica equivocada com uma imagem de pessoas escravizadas – incluindo uma mãe, com o bebê preso às costas e uma corrente pesada em volta do pescoço. A legenda exalta a generosidade britânica ao *comprar a liberdade para todos os escravos do império*. Compensando os proprietários pela mercadoria perdida. Você sabia?)

É verdade que a riqueza atual da família dele foi financiada em parte por essa liberdade comprada; o empréstimo pago pelos meus impostos? Sim. E que ele é um indivíduo e eu sou um indivíduo e nenhum de nós estava lá, nenhum de nós foi responsável pelas ações de nossos "eus históricos"? Sim. Ainda assim, ele vive dos rendimentos enquanto eu trabalho para pagar os juros? Sim. Mas aqui estou eu agora, andando por entre os frutos disso; terras que ele possui, história que ele valoriza; o terreno familiar, solo e tijolos, árvores que se estendem por muitos metros de altura; o senso de pertencimento, de segurança, de estar em casa. Ele tem isso aqui, sempre, um lugar para onde retornar? Sim. Dormindo hoje de manhã, ele parecia renovado? Sim. Sim, é claro. Ele está em casa.

Eu não o levei para conhecer o apartamento logo de cara. Estava relutante em dividir aquela parte de mim que, embora externa, tinha um caráter tão pessoal.

*

— É aquele ali? Não, não é aquele? — ele provocava, apontando para os prédios mais feios pelos quais passávamos no caminho para lá, alguns dias após a entrega das chaves. Ele ficou andando de um lado para o outro no jardim da frente, enquanto eu procurava a chave da porta externa. Subiu correndo os dois lances de escadas, com passadas longas que pulavam os degraus de dois em dois. Do lado de dentro, os cômodos estavam nus – apenas cortinas, carpete e uma acidez almiscarada que persistia dos habitantes anteriores. Ele passou a mão pela tinta creme descascada, depois se agachou para inspecionar a lareira que havia sido fechada. Na extremidade do cômodo, ele abriu as cortinas com um puxão e olhou lá para fora, através das grandes janelas que se projetavam da fachada, trepidando nas esquadrias de madeira já meio apodrecidas.

— É bem bacana, não é? — ele disse encarando o vidro.

Entre minhas palmas unidas, as chaves tinham uma pressão pouco familiar.

*

— Agora você só precisa de arte! — ele disse.

Mas primeiro, uma reforma. As características originais são cuidadosamente restauradas. Olhamos juntos os móveis e objetos decorativos. A peça escolhida chega via transportadora em uma caixa sofisticada, junto com um envelope branco refinado contendo o documento: Certificado de Autenticidade. A caixa também contém um panfleto dobrado com *informação adicional sobre esta litogravura*.

Quando fico sozinha à noite, nesta casa de bom gosto que concebi, dispo as roupas do dia. Camadas e tecidos se descolam da pele até que não reste nada embaixo. Ainda assim, nada mais é revelado; nenhum eu escondido, nenhuma nudez. Nenhum outro exótico, exposto.

Nada.

*

Eu afundo.

Puxe-os, pegue esses fios, agrupe-os e enrole-os ao seu redor; reconstrua-se a partir dos restos. Diga: eu amo você. Eu amo trabalhar aqui. Eu amei dar a palestra hoje. Não, não foi nada. Estou bem, estou sim; estou animada, sim, para o futuro – diga o que eles falarem para você dizer ou deixar de dizer, apenas sobreviva; marche em direção ao inevitável. Como nossas mães e nossos pais fizeram. Nossos avôs e avós antes deles. Sobreviva.

Acho que, antes disso, eu não tinha entendido que podia parar. Que havia uma alternativa à mera sobrevivência. Mas na minha metástase eu encontro possibilidade. Preciso encarar a pergunta com seriedade: por que viver? Por que continuar me sujeitando ao olhar redutivo deles? A esta *objetificação esmagadora*. Por que suportar minha própria desumanização? Tenho o apartamento, economias e alguns investimentos, pensões, além de um seguro de vida polpudo. Consegui uma nova oportunidade, algo para passar adiante. Em frente. Para a minha irmã. Uma chance na luta. Embora ela não fosse querer isso. Sim, vou deixá-la sozinha aqui.

*

Mas continuar, agora que tenho uma escolha, seria me tornar cúmplice.

Sobreviver faz de mim uma participante na narrativa deles. Ter sucesso ou falhar, minha existência apenas reforça esse construto. Eu o rejeito. Rejeito essas opções. Rejeito essa vida. Sim, eu compreendo a dor. A dor é transformadora – transcendental – a destruição da construção. Um retorno misericordioso ao pó.

Cheguei bem longe, percebo.

Eu me viro para observar a paisagem. Mesmo daqui de cima, eu sinto na pele o nacionalismo pulsante deste lugar. Sou o couro esticado de um tambor, contra o qual a identidade deles bate. Não posso escapar deste ritmo. Tudo aguarda, a segunda-feira, Nova York, depois de volta ao escritório. Pelo resto da minha vida essas segundas assomam estrondosas, com um baque surdo, esmagando, se erguendo sobre mim, rompendo...

... mas está silencioso agora. Sento-me na grama e olho para a agitação na propriedade da família. O quadro se move diante de mim, pequeno e desconectado do som, embora seja bem composto. A casa e o verde são um esplêndido pano de fundo para a vivacidade da cena no jardim. Frutas e garrafas, maduras, dispostas, prontas para serem desarrolhadas e consumidas; bocas abertas. Quatro figuras – trajando preto – erguem plataformas compostas por mínimas pinceladas, então abrem as caixas. O satisfatório *pop* depois do clique e o rangido final não são ouvidos – mas quase sinto o cheiro da resina adocicada à medida que eles, com um cuidado maternal, erguem os corpos instrumentais do forro de veludo.

Há muito aqui para deslumbrar o observador de olhar aguçado. Observar as figuras animadas: a chefe do bufê, de prancheta na mão, alisando uma toalha de mesa a um canto. Uma borda solta do toldo agitando-se acima, inofensiva – um fio mínimo (imaginado? Adivinhado?) voando na brisa agradável. A mãe ocupada parando para reposicionar um arranjo de mesa. A filha, que balança uma criança no colo, inspecionando uma garrafa, virando-se para o marido.

Sim, estou encarando, mas não diminuo; não posso apagar algo tão vibrante com minha fraca visão a essa distância. Mesmo assim, eu olhei – eu vi, e mesmo que não consiga expressar o que foi isso que vi aqui, o que vim a compreender, sei que é o suficiente.

Eu vi o suficiente.

Observo agora com a paciência benevolente que a minha decisão, que o meu desembaraçamento desta vida, me permite. Enquanto o filho, meu namorado, sai pelo portão e pega um caminho mais curto para cima destas colinas. De vez em quando ocultado pelas árvores, ele segue em frente até que esteja grande demais para a cena, saindo dela para a vida. Ele avança.

— Aí está você — diz ao me alcançar. — Está se escondendo?

Aperto os olhos ao esquadrinhar o rosto dele. Ele está segurando uma garrafa aberta de champanhe, com um sorriso maroto.

— Surrupiei algumas provisões!

Ele se agacha, depois se estica, até ficar deitado de modo desconfortável ao meu lado. Pousa a garrafa sobre a grama. As mangas da camisa e o colarinho escapam embolados por baixo do colete. Penso ter escutado o eco fraco da banda ensaiando, misturando-se de modo agridoce à paisagem sonora de pios e farfalhares deste lugar.

— Olha. Sobre aquela história do filhote, de antes...
— Ele para. Fico olhando enquanto ele rola e fica de barriga para cima.

"Andei pensando — ele diz, encarando o céu. — Você sabe, o seu... o nosso susto com o *câncer*. — Ele sussurra a palavra com força. Confere-lhe uma eletricidade vibrante e perversa. — Chegar tão perto de... bom, da morte. Isso me deu certa perspectiva. Um lembrete. Do que é importante, do que realmente importa.

"A vida é... — Ele sorri, e linhas familiares marcam os cantos de seus olhos.

"A gente precisa aproveitá-la!"

Não consigo ver Londres daqui. Nada arranha nem perfura o pálido céu azul. E ele fica melhor assim. Existe algo na cidade, sua construção, a indústria, o agito da globalização... que o erode. Ele se vira para mim, com os olhos arregalados, procurando. Pousa a mão no meu braço.

— Meus pais adoram você. — Ele sorri. Ficamos os dois em silêncio por um instante.

— Foda-se — ele diz. — Vamos nos casar.

Inclina-se para mim, olhos levemente fechados e lábios formando um biquinho. Ele crê nas próprias palavras naquele momento, eu acredito nisso. Mas é uma crença passageira, momentânea, e ela vai passar. Assim que uma nova vontade surgir, a próxima aventura. Eu entendo. É o impulso de um menino que compreende, na própria pele, nos ossos, no corpo e no sangue que nasceu para governar esta grande nação – para quem o Sol jamais se pôs. Ainda não. O dia está claro agora. E o céu é de um azul impossível. Ele voltou a ser ele mesmo. Aqui. Em casa, apresentado em nítido contraste em relação a mim. Mas sem este lugar, sem o contraste...

O que você esperava encontrar aqui?

Eu deveria corresponder ao beijo dele. Então vamos nos levantar, bater a poeira e andar de volta até a casa de mãos dadas. Os convidados já estão para chegar, está quase na hora. Tudo está se encaixando. O champanhe está inclinado, seu conteúdo borbulhante se empoça no solo seco e na grama. Os lábios dele estremecem com o esforço de manter o biquinho; confiante no presumido sim, e ainda, inseguro.

De repente, tão inseguro.

Agradecimentos

Agradeço à minha editora, Hermione Thompson, e à minha agente, Emma Paterson, pelas sugestões, pelo apoio e pela orientação. Junto com Jean Garnett e Monica MacSwan, eu não poderia desejar um time melhor com o qual trabalhar.

Sou grata à Spread The Word por ter me selecionado para o London Writers Award em 2019. Obrigada, Bobby, Eva, Ruth e equipe pela oportunidade.

Agradeço também Jackee e Elise Brown, Amina Begum, Harald Carlens, Maja Waite, Han Smith, Niroshini S., Adam Zmith, Salma Ibrahim, Taranjit Mander, Vanessa Dreme, Chloe Davies, Sarah Day, Francisca Monteiro, Lisa Baker, Laura Otal, Anna Hall, Jacinta Read, Katy Darby, Rose Tomaszewska e Sam Copeland.

E à minha família – obrigada por tudo. Este livro não teria sido possível sem o apoio de vocês.

Notas

p.5 Capítulo e versículo 4 do livro de Eclesiastes, tradução da Nova Versão Internacional.

p.102 Lyndon B. Johnson, conforme citado por Bill Moyers em artigo do *The Washington Post* em 13 de novembro de 1988.

p.115 Ver *Postmodern Blackness* de bell hooks.

p.120-1 Definições do Collins English Dictionary.

p.122 Post de 9 de fevereiro de 2018 (já deletado) no Twitter do HM Treasury (Tesouro de Sua Majestade, departamento do governo do Reino Unido responsável pelas finanças públicas).

p.123 Ver *Citizen: An American Lyric*, de Claudia Rankine, para conhecer mais sobre o "eu histórico".

Este livro foi composto com a família tipográfica
Le Monde Courrier. Impresso para a Tordesilhas Livros em 2021.